JOHN GRISHAM

Una Navidad diferente

punto de lectura

Título: Una Navidad diferente
Título original: *Skipping Christmas*
Traducción: Mª Antonia Menini
© 2001 by Belfry Holdings, Inc.
© Ediciones B, S. A.
© De esta edición: noviembre 2003, Suma de Letras, S. L.
Barquillo, 21. 28004 Madrid (España) www.puntodelectura.com

ISBN: 84-663-1209-9
Depósito legal: B-40.189-2003
Impreso en España – Printed in Spain

Cubierta: MRH
Fotografía de cubierta: Sparky GETTY IMAGES
Diseño de colección: Ignacio Ballesteros

Impreso por Litografía Rosés, S. A.

JOHN GRISHAM

Una Navidad diferente

Traducción de Mª Antonia Menini

1

Junto a la puerta se apretujaban los cansados viajeros, casi todos ellos de pie y apoyados contra las paredes, pues las escasas sillas de plástico ya llevaban mucho tiempo ocupadas. Todos los aparatos que iban y venían transportaban por lo menos cien pasajeros, y sin embargo sólo había sillas para unas pocas docenas.

Al parecer, había mil esperando el vuelo de las siete de la tarde con destino a Miami. Iban todos muy abrigados y tremendamente cargados, y tras haber luchado a brazo partido contra el tráfico, el mostrador de embarque y las multitudes del vestíbulo, parecían más bien apagados. Era el martes anterior al Día de Acción de Gracias, la jornada más ajetreada del año en viajes aéreos y, mientras se abrían paso a codazos en medio de las apreturas para congregarse en la puerta, muchos de ellos se preguntaban, y no por primera vez, por qué demonios habrían elegido justo aquel día para tomar un avión.

Las razones eran muy variadas e irrelevantes en aquel momento. Algunos procuraban sonreír. Otros intentaban leer, pero la aglomeración y el ruido se lo impedían. Otros se limitaban a mirar el suelo y a esperar. Cerca, un escuálido Papá Noel negro hacía repicar una molesta campana y entonaba unos monótonos saludos de vacaciones.

Se acercó una reducida familia y, tras comprobar el número de la puerta y la cantidad de gente que había, sus componentes se detuvieron en el extremo del vestíbulo e iniciaron la espera. La hija era una joven bonita. Se llamaba Blair y era evidente que se tenía que ir. Sus padres, no. Los tres contemplaron la muchedumbre y, en aquel momento, también se preguntaron en silencio por qué razón habrían elegido precisamente aquel día para viajar.

Las lágrimas ya se les habían terminado, por lo menos casi todas. Blair tenía veintitrés años, acababa de terminar sus estudios universitarios con un estupendo expediente, pero aún no estaba preparada para ponerse a trabajar. Un amigo de la universidad se encontraba en África con el Cuerpo de Paz y semejante circunstancia le había inspirado la idea de dedicar los dos años siguientes de su vida a ayudar a los demás. Su destino era la zona oriental de Perú, donde enseñaría a leer a los niños de las comunidades indígenas. Se alojaría en un cobertizo sin agua, electricidad ni teléfono, y se moría de ganas de empezar su viaje.

El vuelo la llevaría a Miami, desde donde se trasladaría a Lima, y después viajaría a otro siglo, recorriendo por espacio de tres días las montañas en autocar. Por primera vez en su joven y protegida vida, Blair pasaría las Navidades lejos de casa. Su madre le comprimió la mano y procuró ser fuerte.

Todos los adioses ya se habían dicho.

—¿Estás segura de que es eso lo que quieres? —le habían preguntado por centésima vez.

Luther, su padre, estudió a la muchedumbre frunciendo el entrecejo. Qué locura, pensó. Las había dejado en el bordillo y se había ido a aparcar a varios kilómetros de distancia en un aparcamiento satélite. Un autobús abarrotado de gente lo había devuelto a Salidas y, desde allí, se había abierto camino a codazos con su mujer y su hija hasta aquella puerta. La partida de Blair lo entristecía y detestaba todo aquel enjambre de gente. Estaba de muy mal humor. Las cosas le irían peor a Luther a partir de aquel momento.

Aparecieron los agotados agentes de la puerta y los pasajeros iniciaron su lento avance. Se hizo el primer anuncio, el que pedía que los ancianos y los pasajeros de primera clase se situaran delante. Los empujones y los codazos se desplazaron al siguiente nivel.

—Creo que será mejor que nos vayamos —le dijo Luther a su única hija.

Se volvieron a abrazar y procuraron reprimir las lágrimas. Blair sonrió diciendo:

—El año pasará volando. Estaré en casa las próximas Navidades.

Nora, su madre, se mordió el labio, asintió con la cabeza y la volvió a besar.

—Ten mucho cuidado, por favor —le dijo sin poder evitarlo.

—No pasará nada.

La soltaron y la contemplaron con impotencia mientras se incorporaba a una larga cola y se iba alejando poco a poco de ellos, de su casa, de la seguridad y de todo lo que había conocido hasta entonces. En el momento de entregar la tarjeta de embarque, Blair se volvió y les dirigió una última sonrisa.

—En fin —dijo Luther—. Ya basta. No le ocurrirá nada.

Nora no supo qué decir mientras contemplaba desaparecer a su hija. Dieron media vuelta y se mezclaron con el tráfico peatonal, una larga marcha por el abarrotado vestíbulo, pasando por delante de Papá Noel con su molesta campanita y por delante de las minúsculas tiendas llenas a rebosar de gente.

Estaba lloviendo cuando salieron de la terminal y localizaron la cola para el autobús que los llevaría al aparcamiento satélite, y diluviaba cuando el autobús cruzó chapoteando el aparcamiento y los dejó a doscientos metros de su automóvil. Luther tuvo que pagar siete dólares para librarse y librar su automóvil de la codicia de la autoridad del aeropuerto.

Nora habló finalmente cuando ya se habían puesto en marcha para regresar a la ciudad.

—¿Tú crees que no le ocurrirá nada? —preguntó.

Él había oído tantas veces aquella pregunta que su respuesta fue un gruñido automático.

—Seguro que no.

—¿De veras lo crees?

—Pues claro.

Tanto si lo creía como si no, ¿qué más daba a aquellas alturas? No sabía si su mujer estaba llorando o no, pero la verdad era que le daba igual. Lo único que quería Luther era regresar a casa, secarse bien, sentarse junto al fuego y ponerse a leer una revista.

Se encontraban a algo más de tres kilómetros de casa cuando ella anunció:

—Necesito unas cuantas cosas del colmado.

—Está lloviendo —dijo él.

—Pero, así y todo, las necesito.

—¿No puedes esperar?

—Tú quédate en el coche. Sólo tardo un minuto. Vamos al Chip's.

Y él se se dirigió al Chip's, un lugar que no soportaba, no sólo por sus exorbitantes precios, sino también por su imposible ubicación. Seguía lloviendo, naturalmente, pero ella no podía irse a un Kroger, donde aparcabas y efectuabas rápidamente una compra. No, quería el Chip's, donde aparcabas y tenías que pegarte una caminata.

Sólo que a veces ni siquiera podías aparcar. Los aparcamientos estaban llenos. Los carriles para vehículos de emergencia estaban atestados de coches. Se tuvo que pasar diez minutos buscando infructuosamente antes de que Nora le dijera:

—Déjame junto al bordillo.

Estaba irritada por su incapacidad de encontrar un lugar apropiado.

Él aparcó en un espacio, cerca de una hamburguesería, y le dijo:

—Dame la lista.

—Voy yo —dijo ella, pero sólo por pura fórmula. Luther caminaría bajo la lluvia y ambos lo sabían.

—Dame la lista.

—Sólo chocolate blanco y una libra de pistachos —dijo ella, lanzando un suspiro de alivio.

—¿Nada más?

—Nada más, pero mira que el chocolate sea de la marca Logan's, una tableta de cuatrocientos gramos, y que los pistachos sean de Lance Brothers.

—¿Y eso no puede esperar?

—No, Luther, no puede esperar. Tengo que preparar un postre para la comida de mañana. Si no quieres ir, te callas y voy yo.

Luther cerró violentamente la portezuela. Su tercer paso lo llevó a un bache. El agua fría le empapó el tobillo derecho y se filtró rápidamente al interior de su zapato.

Se quedó momentáneamente petrificado y contuvo la respiración, después se apartó de puntillas, tratando desesperadamente de descubrir otros charcos mientras esquivaba el tráfico.

Chip's creía en los precios elevados y las rentas moderadas. Se encontraba situado en una calle lateral y lo cierto era que no resultaba visible desde ningún sitio. A su lado había una licorería regentada por un europeo de ignorada procedencia que afirmaba ser francés, pero que, según los rumores, era húngaro. Hablaba un inglés espantoso, pero había aprendido el idioma del timo en los precios. Lo había aprendido seguramente del Chip's de la puerta de al lado. En realidad, todas las tiendas del barrio procuraban practicar la discriminación, tal como todo el mundo sabía.

Y todas estaban llenas. Otro Papá Noel le estaba dando a la misma campanilla en el exterior de la quesería. *Rudolph, el reno de la nariz colorada* matraqueaba a través de un altavoz oculto por encima de la acera delante de Madre Tierra, cuya ecológica clientela seguramente seguía calzando sandalias. Luther aborrecía aquella tienda y se negaba a poner los pies en ella. Nora compraba allí hierbas orgánicas, pero él no sabía muy bien por qué. El viejo propietario mexicano del estanco estaba adornando alegremente su escaparate con lucecitas; una pipa asomaba por la comisura de su boca y el humo se perdía a su espalda y un árbol de mentirijillas ya había sido cubierto por una capa de nieve de mentirijillas.

Cabía la posibilidad de que aquella noche nevara de verdad. Los compradores no perdían el tiempo y entraban y salían a toda prisa de las tiendas. El calcetín del pie derecho de Luther ya se había congelado sobre su tobillo.

No había cestas de compra junto a los puntos de control del Chip's, lo cual era naturalmente una mala señal. Luther no necesitaba ninguna, pero semejante circunstancia significaba que la tienda estaba abarrotada de gente. Los pasillos eran estrechos y los productos estaban expuestos de tal manera que nada tenía sentido. Cualquier cosa que tuvieras en la lista, tenías que cruzar media docena de veces el establecimiento para efectuar la compra.

Un reponedor estaba trabajando sin desmayo en un expositor de chocolatinas navideñas. Un letrero, junto a la sección de carnicería, rogaba a los buenos clientes que efectuaran de inmediato sus pedidos de pavos navideños. ¡Ya habían llegado los nuevos vinos navideños! ¡Y los jamones navideños!

«Qué lástima —pensó Luther—. ¿Por qué comemos y bebemos tanto para celebrar el nacimiento de Cristo?» Encontró los pistachos al lado de las nueces. Semejante lógica era insólita en el Chip's. El chocolate blanco no estaba en la sección de bollería, por lo que Luther masculló una maldición y echó a andar por el pasillo, mirándolo todo. Un carrito de la compra le propinó un golpe. No hubo disculpas, pues nadie se dio cuenta. Desde arriba sonaba la melodía *Dios os conceda la paz, joviales caballeros*, como si Luther necesitara que alguien lo consolara. Parecía Frosty, el muñeco de nieve.

Dos pasillos más allá, al lado de toda una selección de arroces de todo el mundo, había un estante de chocolates a la taza. Se acercó un poco más y distinguió una tableta de cuatrocientos gramos de la marca Logan's. Un paso más y la tableta desapareció de repente, arrebatada por una mujer de aire malhumorado que ni siquiera se había percatado de su presencia. El pequeño espacio reservado a la marca Logan's quedó vacío y en su siguiente momento de desesperación, Luther no vio ni rastro de chocolate blanco. Mucho chocolate de cacao puro o con leche y cosas por el estilo, pero nada de chocolate blanco.

Como es natural, la cola de entrega a domicilio era más lenta que las otras dos. Los descarados precios de Chip's obligaban a los clientes a comprar en pequeñas cantidades, pero ello no ejercía el menor efecto en la velocidad a la que éstos entraban y salían. Cada producto era levantado, examinado e introducido manualmente en la caja por una antipática cajera. La posibilidad de que un empleado te llenara las bolsas era una lotería, si bien en la época navideña éstos cobraban vida con sonrisas, entusiasmo y una sorprendente memoria para recordar los apellidos de los clientes. Era la época de las propinas, otro desagradable aspecto de la Navidad que Luther aborrecía con toda su alma.

Seis dólares y pico por cuatrocientos gramos de pistachos. Apartó a un lado a un solícito empleado que se los iba a colocar en una bolsa y, por un instante, temió verse obligado a propinarle un tortazo para impedir que sus queridísimos pistachos fueran a parar a otra bolsa. Se los guardó en el bolsillo del abrigo y abandonó rápidamente la tienda.

Un numeroso grupo de personas se había congregado para contemplar cómo el viejo mexicano adornaba el escaparate de su estanco. El hombre estaba conectando el enchufe de unos pequeños robots que avanzaban penosamente a través de la falsa nieve ante el regocijo de los espectadores. Luther no tuvo más remedio que bajar del bordillo y, al hacerlo, cayó justo a la derecha en lugar de justo a la izquierda. Su pie izquierdo se hundió doce centímetros en un frío charco. Se quedó paralizado una décima de segundo mientras sus pulmones retenían una bocanada de aire frío y él maldecía al viejo mexicano, a sus robots, a sus admiradores y los malditos pistachos. Tiró del pie hacia arriba y se arrojó agua sucia sobre la pernera del pantalón. Mientras permanecía de pie en el bordillo, la campana repicaba con estridencia, el altavoz sonaba a todo volumen, *Papá Noel ha llegado a la ciudad*, y los juerguistas bloqueaban la acera, Luther empezó a aborrecer la Navidad.

Cuando llegó a su automóvil, el agua se le había filtrado hasta los dedos de los pies.

—No había chocolate blanco —le dijo entre dientes a su mujer mientras se sentaba al volante.

Ella se estaba enjugando los ojos.

—¿Y ahora qué ocurre? —le preguntó.

—Acabo de hablar con Blair.

—¿Qué? ¿Cómo? ¿Le ha ocurrido algo?

—Ha llamado desde el avión. Está bien.

Nora se mordió el labio, tratando de recuperar el aplomo.

«¿Cuánto debía de costar llamar a casa desde nueve mil metros de altura?», se preguntó Luther. Había visto teléfonos en los aviones. Se podía utilizar cualquier tarjeta de crédito. Blair disponía de una que él le había dado, de esas cuyas facturas se envían a papá y mamá. Desde un móvil de allí arriba a un móvil de aquí abajo, probablemente diez dólares por lo menos.

¿Y para qué? Estoy bien, mamá. Llevo sin verte casi una hora. Todos nos queremos mucho. Todos nos echamos de menos. Tengo que dejarte, mami.

El motor estaba girando, pero él no recordaba haberlo puesto en marcha.

—¿Te has olvidado del chocolate blanco? —preguntó Nora, plenamente recuperada.

—No, no me he olvidado. Es que no había.

—¿No le has preguntado a Rex?

—¿Quién es Rex?

—El carnicero.

—Pues no, Nora, no sé por qué motivo no se me ha ocurrido preguntarle al carnicero si tenía alguna tableta de chocolate blanco escondida entre sus chuletas y sus hígados.

Nora tiró con toda la rabia que pudo de la manija de la portezuela.

—Lo necesito. Gracias por nada.

Y se fue.

«Espero que pises un charco de agua helada», murmuró Luther para sus adentros. Estaba furioso y soltó otros tacos. Dirigió las salidas de la calefacción hacia el suelo del vehículo para que se le deshelaran los pies y después se dedicó a contemplar a los gordinflones que entraban y salían de la hamburguesería. El tráfico estaba atascado en las calles de más allá.

«Qué bonito hubiera sido poder saltarse la Navidad —empezó a pensar—. Un chasquido de los dedos y estamos a dos de enero. Ni árboles ni compras ni regalos absurdos ni propinas ni aglomeraciones, ni envolturas de paquetes, ni tráfico ni muchedumbres, ni tartas de fruta, ni licores ni jamones que nadie necesitaba, ni *Rudolph* ni Frosty, ni fiesta en el despacho, ni dinero malgastado.» Su lista era cada vez más larga.

Se echó sobre el volante con una sonrisa en los labios, esperando el calor de abajo mientras soñaba dulcemente con la fuga.

Nora ya estaba de vuelta con una bolsita marrón que depositó al lado de su marido con el suficiente cuidado como para que no se rompiera la tableta de chocolate y él se enterara de que ella lo había encontrado y él no.

—Todo el mundo sabe que hay que preguntar —dijo secamente mientras tiraba bruscamente de la correa de su bolso.

—Curiosa manera de vender —musitó Luther, haciendo marcha atrás—. Lo escondes en la carnicería, haces que escasee y la gente lo pide a gritos. Estoy seguro de que le aumentan el precio cuando lo tienen escondido.

—Vamos, cállate ya, Luther.

—¿Te has mojado los pies?

—No. ¿Y tú?

—Tampoco.

—Pues entonces, ¿por qué me lo preguntas?

—Estaba preocupado.

—¿Crees que no le pasará nada?

—Está a bordo de un avión. Acabas de hablar con ella.

—Quiero decir allí abajo, en la selva.

—Deja de preocuparte, mujer. El Cuerpo de Paz no la enviaría a un lugar peligroso.

—No será lo mismo.

—¿Qué?

—La Navidad.

«Por supuesto que no», estuvo casi a punto de decir Luther. Y lo más curioso fue que empezó a sonreír mientras se abría paso a través del tráfico.

2

Con los pies tostados y enfundados en unos gruesos calcetines de lana, Luther se quedó rápidamente dormido y despertó todavía más rápido. Nora estaba trajinando por la casa. La oyó en el cuarto de baño accionando el botón de la cisterna del escusado y los interruptores de la luz; después se fue a la cocina donde se preparó una infusión de hierbas, bajó por el pasillo para dirigirse a la habitación de Blair, donde debió de contemplar las paredes y preguntarse lloriqueando cómo habían pasado los años. Después regresó a la cama, dio varias vueltas y tiró de los cobertores, tratando por todos los medios de despertarlo. Quería diálogo, una caja de resonancia. Quería que Luther le asegurara que su Blair estaba a salvo de los horrores de la selva peruana.

Pero Luther estaba paralizado, no movía ni una sola articulación y respiraba lo más ruidosamente posible porque, como volviera a iniciarse el diálogo, la cosa se prolongaría varias horas. Fingió roncar y eso la hizo desistir de su intento.

Pasadas las once ella se calmó. Luther estaba muy nervioso y le ardían los pies. Cuando estuvo absolutamente seguro de que ella se había quedado dormida, se levantó de la cama, se quitó los gruesos calcetines, los arrojó a un rincón y bajó de puntillas por el pasillo hacia la cocina para tomarse un vaso de agua y después una taza de café descafeinado.

Una hora más tarde se encontraba en su despacho del sótano sentado junto a su escritorio con unas carpetas abiertas, el ordenador encendido y unas hojas de cálculo en la impresora, tratando de encontrar pruebas cual si fuera un investigador. Luther era asesor fiscal y, por consiguiente, sus archivos eran muy meticulosos. Las pruebas eran tan abundantes que se olvidó del sueño.

Un año atrás, la familia de Luther Krank se había gastado 6.100 dólares por Navidad. ¡6.100 dólares! 6.100 dólares en adornos, luces, flores, un nuevo muñeco de nieve y un abeto de Canadá. 6.100 dólares en jamón, pavos, pecanas, quesadillas y pastelillos que nadie se comía. 6.100 dólares en vinos y licores y puros habanos para repartir en el despacho. 6.100 dólares en tartas de fruta de los bomberos y calendarios del sindicato de la policía y bombillas del servicio de salvamento. 6.100 dólares en un jersey de lana de cachemira para Luther que éste aborrecía en su fuero interno y una chaqueta deportiva que sólo se había puesto un par de veces y un billetero de piel de avestruz que era muy caro y muy feo, y cuyo tacto le resultaba francamente desagradable. 6.100 dólares en un vestido que Nora se puso para la fiesta navideña de la empresa y un jersey de lana de cachemira que nadie había vuelto a ver desde que ella desenvolvió el paquete, y un pañuelo de un diseñador que le encantaba. 6.100 dólares en un abrigo, unos guantes y unas botas para Blair y un *walkman* para cuando hacía *jogging* y, naturalmente, el móvil más plano recién salido al mercado. 6.100 dólares en regalos de inferior cuantía para un selecto puñado de parientes lejanos, casi todos ellos de la parte de Nora. 6.100 dólares en tarjetas navideñas de una papelería situada tres puertas más abajo del Chip's, en el barrio donde todos los precios duplicaban los de otras zonas. 6.100 dólares para la Fiesta, el festorro anual de Nochebuena en la residencia de los Krank.

¡6.100 dólares! ¿Y qué quedaba de todo aquello? Tal vez uno o dos objetos útiles, pero poco más.

Con sumo deleite, Luther calculó los daños como si el causante de los mismos fuera otro. Todas las pruebas concordaban a la perfección y constituían un conjunto de acusaciones tremendo.

Rebuscó un poco al final, donde había reunido las sumas destinadas a obras benéficas. Donativos a la Iglesia, para la campaña de recogida de juguetes, para el hogar de los «sin techo» y el banco de alimentos. Pero pasó rápidamente por la beneficencia y regresó de inmediato a la horrenda conclusión: 6.100 dólares para la Navidad.

—El doce por ciento de mis ingresos brutos —dijo con incredulidad—. Seis mil cien dólares. En efectivo. Nada menos que seis mil cien dólares no deducibles.

En su aflicción, hizo algo que raras veces hacía. Luther alargó la mano hacia la botella de coñac que guardaba en el cajón de su escritorio e ingirió unos cuantos tragos.

Durmió de tres a seis y cobró nuevamente vida mientras se duchaba. Nora estaba empeñada en servirle café y gachas de avena, pero Luther no quiso nada de todo aquello. Leyó el periódico, se rió con las tiras cómicas, le aseguró un par de veces que Blair se lo estaba pasando bomba y después le dio un beso y regresó corriendo a su despacho como si tuviera que cumplir una misión.

La agencia de viajes estaba ubicada en el vestíbulo del edificio de Luther. Pasaba por delante de ella por lo menos dos veces al día y raras veces echaba un vistazo a los anuncios de playas, montañas, veleros y pirámides.

La agencia era para los afortunados que podían viajar. Luther jamás había salido del país y, de hecho, jamás se le había ocurrido pensarlo. Sus vacaciones consistían en cinco días en la playa en el chalé de un amigo y, con la cantidad de trabajo que él tenía, podían darse por satisfechos si conseguían disfrutar de eso por lo menos.

Se marchó justo pasadas las diez. Utilizó la escalera para no tener que dar explicaciones y cruzó rápidamente la puerta de Regency Travel. Biff lo estaba esperando.

Biff lucía una impresionante flor en el pelo y un sedoso bronceado, y daba la impresión de haberse dejado caer unas cuantas horas por la tienda entre playa y playa. Su atractiva sonrisa obligó a Luther a detenerse en seco y sus primeras palabras lo dejaron estupefacto:

—Usted necesita un crucero —le dijo.

—¿Cómo lo sabe? —consiguió replicar con un hililo de voz.

Ella le tendió la mano, tomó la suya, se la estrechó y lo acompañó a su alargado escritorio, donde lo acomodó a un lado del mismo mientras ella se sentaba al otro. Largas y bronceadas piernas, observó Luther. Piernas de playa.

—Diciembre es la mejor época del año para un crucero —empezó diciendo, pero Luther ya estaba convencido.

Los folletos cayeron como un torrente. Ella los desplegó sobre el escritorio ante la soñadora mirada de Luther.

—¿Trabaja usted en el edificio? —preguntó, acercándose como el que no quiere la cosa a la cuestión del dinero.

—Wiley & Beck, sexta planta —contestó Luther sin apartar los ojos de los palacios flotantes y las interminables playas.

—¿Especialistas en fianzas judiciales?

Luther se echó imperceptiblemente hacia atrás.

—No. Asesores fiscales.

—Perdón —dijo ella, lamentando el comentario. La pálida piel, las oscuras ojeras, el conservador traje cruzado azul oscuro con una mala imitación de corbata de colegio de pago. Hubiera tenido que comprenderlo. En fin, pensó, alargando la mano hacia otros folletos todavía más relucientes—. Me parece que no tenemos muchos clientes de su despacho.

—No solemos hacer muchas vacaciones. Demasiado trabajo. Me gusta éste de aquí.

—Excelente elección.

Se decidieron por el *Island Princess*, una impresionante mole nueva todavía por estrenar, con camarotes para seis mil personas, una docena de piscinas, cuatro casinos, cinco comidas al día, ocho escalas en el Caribe, la lista era interminable. Luther salió con un montón de folletos y regresó subrepticiamente a su despacho de seis pisos más arriba.

La emboscada se planeó con sumo cuidado. Primero, trabajó hasta muy tarde, lo cual no era en modo alguno insólito, pero en cualquier caso lo ayudaría a preparar el escenario de la velada. Tuvo suerte con el tiempo, porque seguía siendo desapacible. Le costaba entrar en el espíritu de la época estando los cielos tan húmedos y encapotados. Y le resultaba mucho más fácil soñar con diez lujosos días tumbado bajo el sol.

Si Nora no se estuviera preocupando por Blair, conseguiría convencerla. Se limitaría a comentar alguna terrible noticia acerca de un nuevo virus o quizás otra matanza en una aldea colombiana, y eso bastaría para encauzarla por el camino que él quería. La cuestión era apartar su mente de las alegrías de la Navidad. No va a ser lo mismo sin Blair, ¿verdad?

¿Por qué no nos tomamos un respiro este año? Vamos a escondernos. A fugarnos. Nos daremos el gusto.

Como era de esperar, Nora estaba pensando en la selva. Lo abrazó sonriendo y procuró disimular que había estado llorando. Su jornada había transcurrido razonablemente bien. Había sobrevivido al almuerzo de las señoras y se había pasado un par de horas en el hospital infantil como parte de su apretado programa de voluntariado.

Mientras ella calentaba la pasta, Luther introdujo un CD de reggae en el estéreo, pero no pulsó *play*. La elección del momento era fundamental.

Se pasaron un rato hablando de Blair y, poco después de empezar a cenar, Nora abrió la puerta de par en par.

—Van a ser unas Navidades muy distintas, ¿verdad, Luther?

—Pues sí —contestó tristemente él, tragando saliva—. Nada será igual.

—Por primera vez en veintidós años, ella no estará aquí con nosotros.

—Hasta podría resultar deprimente. Suelen producirse muchas depresiones en Navidad, ¿sabes?

Luther se tragó rápidamente el bocado y su tenedor se quedó en suspenso en el aire.

—Me encantaría saltarme estas fiestas —dijo ella bajando la voz al final.

Luther se echó hacia atrás y ladeó su oído sano hacia ella.

—¿Qué ocurre? —preguntó Nora.

—¡Vaya! —exclamó teatralmente Luther, empujando su plato hacia delante—. Ahora que lo dices. Quería comentarte una cosa.

—Termínate la pasta.

—Ya he terminado —anunció él, poniéndose en pie de un salto.

Tenía la cartera de documentos al alcance de la mano y la tomó.

—¿Qué estás haciendo, Luther?

—Tú espera. —Se situó al otro lado de la mesa, sosteniendo unos papeles en ambas manos—. Ésta es la idea que se me ha ocurrido —dijo con orgullo—. Y es brillante.

—¿Por qué será que estoy tan nerviosa?

Él desplegó una hoja de cálculo y empezó a señalar con el dedo.

—Eso, querida, es lo que hicimos las pasadas Navidades. Nos gastamos seis mil cien dólares por Navidad. Seis mil cien dólares.

—Ya te he oído la primera vez.

—Y no nos sirvió prácticamente de nada. Buena parte del dinero se malgastó. Se despilfarró. Y en ello no se incluye el tiempo que yo perdí, el tiempo que tú perdiste, el tráfico, la tensión, la preocupación, las discusiones, el rencor, la pérdida de sueño… todas esas cosas tan horribles que arrojamos en la época de fiestas.

—¿Adónde quieres ir a parar?

—Gracias por preguntármelo. —Luther soltó las hojas de cálculo y, con la rapidez de un mago, le mostró a su mujer el *Island Princess*. Los folletos cubrían toda la mesa—. ¿Me preguntas que adónde quiero ir a parar con todo eso, querida? Pues al Caribe. Diez días y diez noches de absoluto lujo en el *Island Princess*, el buque de cruceros más lujoso del mundo. Las Bahamas, Jamaica, Puerto Rico; ah, espera un momento.

Luther corrió al estudio, pulsó el botón de *play*, esperó a que sonaran los primeros compases, ajustó el volumen y regresó a la cocina, donde Nora estaba examinando un folleto.

—¿Qué es eso? —preguntó su mujer.

—Reggae, la música que escucharemos allí abajo. Pero bueno, ¿dónde estaba?

—Estabas saltando de isla en isla.

—Ah, sí, practicaremos el submarinismo en el Gran Caimán, recorreremos a pie las ruinas mayas en Cozumel, practicaremos el surf en las islas Vírgenes. Diez días, Nora, diez días fabulosos.

—Tendré que adelgazar un poco.

—Los dos nos pondremos a régimen. ¿Qué dices?

—¿Dónde está el truco?

—El truco es muy sencillo. Nos saltamos las Navidades. Ahorramos dinero y, por una vez, nos lo gastamos en nosotros mismos. Ni un céntimo para comida que no vamos a comer o ropa que no nos vamos a poner o regalos que maldita la falta que hacen. Es un boicot, Nora, un boicot completo a la Navidad.

—Me parece horrible.

—No, es maravilloso. Y sólo por un año. Vamos a tomarnos un respiro. Blair no está aquí. Regresará el año que viene y entonces podremos regresar al caos de la Navidad, si eso es lo que tú quieres. Vamos, Nora, por favor. Nos saltamos la Navidad, ahorramos dinero y nos pasamos diez días chapoteando en el Caribe.

—¿Cuánto costará?

—Tres mil dólares.

—¿O sea que ahorraremos dinero?

—Un montón.

—¿Cuándo nos vamos?

—Al mediodía del día de Navidad.

Se miraron largo rato el uno al otro.

El pacto se selló en la cama, con la televisón encendida pero con el sonido apagado, con toda una serie de revistas diseminadas sobre las sábanas, todas sin leer, y los folletos al alcance de la mano en la mesilla de noche. Luther estaba echando un vistazo a un periódico de economía, pero apenas leía nada. Nora sostenía una edición de bolsillo en las manos, pero no pasaba las páginas.

La causa de la ruptura habían sido los donativos benéficos. Ella se negaba en redondo a suprimirlos o a saltárselos, tal como Luther insistía en decir. Nora había accedido a regañadientes a no comprar regalos. Había llorado ante la idea de no poner un árbol, a pesar de que Luther le había recordado sin piedad los gritos que se pegaban el uno al otro cada Navidad a la hora de adornar el maldito trasto. ¿Y no pondrían ningún muñeco de nieve en el tejado cuando todas las casas de la calle lo tenían? Lo cual trajo a colación el tema del ridículo que harían en público. ¿No los despreciarían por saltarse la Navidad?

Y qué, había replicado Luther una y otra vez. Puede que sus amigos y vecinos los censuraran al principio, pero en su fuero interno arderían de envidia. Diez días en el Caribe, Nora, le repetía una y otra vez. Sus amigos y vecinos no se reían cuando sacaban la nieve a paletadas, ¿verdad? Los espectadores no se burlarán cuando nosotros estemos tumbados al sol y ellos se pongan morados de pavo y de salsa. No esbozarán relamidas sonrisas cuando nosotros regresemos esbeltos y bronceados y no temamos abrir el buzón de las cartas.

Nora raras veces lo había visto tan decidido. Luther destruyó metódicamente todos sus argumentos uno a uno, hasta que no quedaron más que los donativos.

—¿Vas a permitir que seiscientos puñeteros dólares se interpongan entre nosotros y un crucero por el Caribe? —preguntó Luther acentuando el sarcástico tono de su voz.

—No, eso eres tú quien lo hace —le replicó fríamente ella.

Acto seguido, se fueron cada cual a su rincón y se esforzaron en leer.

Pero, al cabo de una tensa y silenciosa hora, Luther empujó las sábanas hacia abajo, se quitó de un tirón los calcetines de lana y dijo:

—Muy bien pues. Vamos a hacer los mismos donativos que el año pasado, pero ni un centavo más.

Ella arrojó la edición de bolsillo y le echó los brazos al cuello. Se abrazaron y se besaron y después ella alargó la mano hacia los folletos.

3

Aunque el plan había sido de Luther, Nora fue la primera en ser puesta a prueba. La llamada se produjo el viernes por la mañana, al día siguiente del Día de Acción de Gracias, y la hizo un sujeto un tanto quisquilloso que no le resultaba demasiado simpático. Se llamaba Aubie y era el propietario de La Semilla de Mostaza, una pretenciosa y pequeña papelería con un nombre un poco tonto y unos precios exorbitantes.

Después de los saludos de rigor, Aubie fue directamente al grano.

—Estoy un poco preocupado por sus tarjetas navideñas, señora Krank —dijo, adoptando un aire de profunda inquietud.

—¿Y por qué está preocupado? —le preguntó Nora.

No le gustaba ser acosada por un tendero malhumorado que apenas le dirigía la palabra el resto del año.

—Bueno pues, porque usted siempre elige las felicitaciones más bonitas, señora Krank, y tenemos que hacer los pedidos ahora.

No se le daban muy bien las adulaciones. A todos los clientes les soltaba la misma frase.

Según la auditoría de Luther, La Semilla de Mostaza les había cobrado la Navidad anterior trescientos dieciocho dólares en concepto de felicitaciones navideñas, cosa que en aquellos momentos resultaba un poco grotesca. No era una suma muy elevada, pero ¿qué recibían ellos a cambio? Luther se negaba a ayudar a escribir las direcciones y pegar los sellos y se ponía hecho una furia cada vez que Nora le preguntaba si habían de añadir o borrar de la lista a Fulano de Tal. Incluso se negaba a echar un vistazo a todas las felicitaciones que recibían y Nora no tenía más remedio que reconocer que el hecho de recibirlas cada vez le deparaba menos satisfacciones.

Por consiguiente, se mantuvo firme y dijo:

—Este año no vamos a hacer ningún pedido de felicitaciones navideñas.

Casi le pareció oír los aplausos de Luther.

—¿Qué ha dicho?

—Ya me ha oído.

—¿Le puedo preguntar por qué no?

—Por supuesto que no.

A lo cual Aubie no tuvo ninguna respuesta que ofrecer. Balbució algo y después colgó. Por un instante, Nora se llenó de orgullo. Sin embargo, titubeó al pensar en las preguntas que le harían. Su hermana, la esposa del clérigo, los amigos de la junta de alfabetización, su tía la de la aldea de jubilados..., todos preguntarían en determinado momento qué había ocurrido con sus felicitaciones navideñas.

¿Perdidas en el correo? ¿Falta de tiempo?

No. Ella les diría la verdad. Nada de felicitaciones navideñas este año, Blair se ha ido y nosotros nos vamos de crucero. Y, si tanto habéis echado de menos las felicitaciones, el año que viene os envío dos.

Animada por otra taza de café, Nora se preguntó cuántas personas de su lista llegarían a darse cuenta tan siquiera. Cada año recibía unas cuantas docenas, un número cada vez menor, lo reconocía, y no llevaba la cuenta de quién se tomaba la molestia de felicitarles y quién no. En medio del torbellino navideño, ¿quién tenía tiempo para preocuparse por una tarjeta que no llegaba?

Lo cual le hizo recordar otra de las quejas preferidas de Luther contra las fiestas: los acaparamientos para emergencias. Nora adquiría unas cuantas provisiones más para poder responder de inmediato a una felicitación inesperada. Cada año recibían dos o tres tarjetas de perfectos desconocidos y de gente que anteriormente jamás se las había enviado y, en cuestión de veinticuatro horas, ella enviaba rápidamente una felicitación de los Krank, siempre con su habitual nota manuscrita de saludo y deseos de paz.

Estaba claro que todo aquello era una bobada.

Llegó a la conclusión de que no echaría de menos en absoluto todo el ritual de las felicitaciones navideñas. No echaría de menos el aburrimiento de escribir todos aquellos mensajitos y todas aquellas direcciones en unos ciento y pico de sobres, echarlo todo al correo y preocuparse por la posibilidad de haber olvidado a alguien. No echaría de menos la cantidad de correspondencia que se añadía a la habitual, la apresurada apertura de los sobres y las estereotipadas felicitaciones de personas tan agobiadas como ella.

Una vez liberada de las felicitaciones navideñas, Nora llamó a Luther para que éste la animara un poco. Luther se encontraba sentado detrás de su escritorio, tal como siempre ocurría el viernes posterior al Día de Acción de Gracias. Los ejecutivos más destacados de Wiley & Beck tenían que estar allí. Ella le refirió su conversación con Aubie.

—Ese miserable gusano —murmuró Luther—. Felicidades —le dijo cuando ella terminó.

—No me ha costado nada —presumió ella.

—Piensa en todas aquellas playas que nos esperan allí abajo, querida.

—¿Qué has comido? —le preguntó ella.

—Nada. Sigo con las trescientas calorías.

—Yo también.

Cuando colgó, Luther regresó a la tarea que tenía entre manos. No estaba devorando números ni bregando con las disposiciones de Hacienda como de costumbre, sino redactando una carta a sus compañeros. Su primera carta navideña. En ella explicaba cuidadosa y hábilmente al despacho por qué razón no participaría en los rituales de las fiestas y, a su vez, agradecería que todos los demás le dejaran en paz. No compraría ningún regalo ni aceptaría ninguno. Pero gracias de todos modos. No asistiría a la cena navideña de gala de la empresa y tampoco estaría presente en la orgía de borracheras que llamaban la fiesta del despacho. No quería el coñac ni el jamón que ciertos clientes enviaban cada año a todos los ejecutivos. No estaba enfadado y no respondería con un «¡Gracias, igualmente!» a cualquiera que le deseara felices fiestas.

Se iba a saltar simplemente las Navidades. Y, en su lugar, se iría de crucero.

Dedicó buena parte de la tranquila mañana a la carta y él mismo la introdujo en el ordenador. El lunes dejaría una copia en todos los escritorios de Wiley & Beck.

Comprendieron el verdadero alcance de su plan tres días más tarde, poco después de cenar.

Era totalmente posible disfrutar de la Navidad sin felicitaciones, sin fiestas y sin banquetes, sin regalos innecesarios y sin toda la serie de cosas que, por alguna extraña razón, se asociaban con el nacimiento de Cristo. Pero ¿cómo se podían celebrar debidamente las fiestas sin un árbol?

Si prescindieran del árbol, Luther sabía que era muy probable que consiguieran su propósito.

Estaban quitando la mesa, a pesar de que apenas había nada que quitar. Un poco de pollo asado y requesón les permitía perder peso fácilmente, pero Luther aún estaba hambriento cuando llamaron al timbre de la puerta.

—Voy yo —dijo.

A través de la ventana anterior del estudio vio el remolque en la calle y comprendió de inmediato que los siguientes quince minutos no iban a ser muy placenteros. Abrió la puerta y se encontró con tres sonrientes rostros: dos chicos impecablemente vestidos con el uniforme y todas las insignias de los *boy scouts* y, detrás de ellos, el señor Scanlon, el jefe de sección permanente de los *boy scouts* del barrio. Él también lucía el uniforme.

—Buenas noches —les dijo Luther a los chicos.

—Hola, señor Krank. Soy Randy Bogan —dijo el más alto de los dos—. Este año volvemos a dedicarnos a la venta de árboles navideños.

—Tenemos el suyo en el remolque del camión —dijo el más bajo.

—El año pasado se quedó usted con un abeto azul de Canadá —terció el señor Scanlon.

La mirada de Luther se perdió más allá del lugar que ellos ocupaban, hacia el remolque de plataforma plana, cubierta con dos pulcras hileras de árboles. Un pequeño ejército de chicos los estaba descargando y transportando a las casas de los vecinos de Luther.

—¿Cuánto? —preguntó Luther.

—Noventa dólares —contestó Randy—. Hemos tenido que subir un poco el precio porque nuestro proveedor también lo ha subido.

Ochenta el año pasado, estuvo casi a punto de decir Luther, pero se contuvo.

Nora apareció como por arte de ensalmo y, de repente, apoyó la barbilla en su hombro.

—Son tan encantadores —le dijo en un susurro.

¿Los chicos o los árboles?, estuvo casi a punto de preguntar Luther. ¿Por qué no se quedaba en la cocina y le dejaba resolver aquel asunto por su cuenta?

Con una enorme y falsa sonrisa, Luther les dijo:

—Lo siento, pero este año no vamos a comprar ninguno.

Rostros inexpresivos. Rostros deconcertados. Rostros tristes. Un gemido por encima de su hombro cuando el dolor alcanzó a Nora. Contemplando a los chicos mientras percibía la respiración de su esposa sobre el cuello, Luther Krank comprendió que aquél era el momento crucial. Como fallara, se abrirían todas las compuertas. Comprar un árbol y después adornarlo y después comprender que ningún árbol parece completo sin un montón de regalos amontonados debajo de él.

«Mantente firme, muchacho», se dijo Luther en tono apremiante mientras su mujer murmuraba:

—Oh, Dios mío.

—Cállate —le dijo él con disimulo.

Los chicos miraron al señor Krank como si éste les hubiera arrebatado las últimas monedas que guardaban en los bolsillos.

—Disculpe que hayamos tenido que subir el precio —dijo apenado Randy.

—Ganamos menos que el año pasado por cada árbol —añadió el señor Scanlon en tono esperanzado.

—No es por el precio, chicos —dijo Luther con otra falsa sonrisa en los labios—. Este año nos vamos a saltar la Navidad. Estaremos ausentes de la ciudad. No necesitaremos un árbol. Pero gracias de todos modos.

Los chicos se empezaron a mirar los zapatos tal como suelen hacer los chicos que se sienten dolidos, y el señor Scanlon puso cara de pena. Nora volvió a soltar un compasivo gemido y a Luther, a punto de ceder al pánico, se le ocurrió una brillante idea.

—¿Vosotros no vais cada año al Oeste, allá por el mes de agosto, a Nuevo México, para una especie de gran asamblea, si no recuerdo mal lo que dice el folleto?

Los pilló desprevenidos y los tres asintieron despacio con la cabeza.

—Muy bien pues, os propongo un trato. Yo paso del árbol, pero vosotros regresáis en verano y yo os entregaré cien dólares para vuestro viaje.

—Gracias —consiguió decir Randy, pero sólo porque se sintió obligado a hacerlo. De repente, experimentaban el imperioso deseo de largarse cuanto antes de allí.

Luther cerró lentamente la puerta a su espalda y esperó. Ellos se quedaron un momento en los peldaños de la entrada y después se alejaron por el camino particular de la casa, volviendo la cabeza para mirar hacia atrás. Cuando llegaron al camión, le comunicaron la extraña noticia a otro adulto vestido de uniforme. Otros la oyeron y, poco después, cesó la actividad alrededor del camión mientras los chicos y sus jefes se reunían al final del camino particular de los Krank y contemplaban la casa como si hubieran visto unos alienígenas en el tejado.

Luther se agachó y atisbó por detrás de las cortinas descorridas.

—¿Qué están haciendo? —preguntó Nora en un susurro a su espalda, también agachada.

—Simplemente mirando, creo.

—A lo mejor, se lo hubiéramos tenido que comprar.

41

—No.

—No hace falta adornarlo, ¿sabes?

—Silencio.

—Lo tendríamos en el patio de atrás.

—Cállate, Nora. ¿Y por qué hablas en voz baja? Estamos en nuestra casa.

—Por la misma razón por la que tú te escondes detrás de las cortinas.

Luther se incorporó y corrió las cortinas. Los *boy scouts* se volvieron a poner en marcha y el camión empezó a avanzar muy despacio para ir entregando todos los árboles de la calle Hemlock.

Luther encendió el fuego de la chimenea y se acomodó en su butaca reclinable para leer un poco, asuntos tributarios. Se sentía solo porque Nora estaba haciendo pucheros, un breve arrebato que a la mañana siguiente ya se le habría pasado.

Si había conseguido enfrentarse a los *boy scouts*, ¿a quién podía temer? Se avecinaban sin duda otros encuentros, lo cual era precisamente otra de las razones por las que a Luther le desagradaba tanto la Navidad. Todo el mundo vendía algo, recogía dinero, pedía una propina, una gratificación, cualquier cosa, lo que fuera, algo. Volvió a indignarse y se sintió muy a gusto.

Una hora más tarde salió de casa. Echó a andar despacio por la acera de la calle Hemlock sin rumbo fijo. El aire era fresco y ligero. A los pocos pasos, se detuvo a la altura del buzón de las cartas de los Becker y miró por la ventana del salón, que no quedaba muy lejos de la calle. Estaban colocando los adornos en el árbol y casi le parecía oír las discusiones. Ned Becker permanecía en equilibrio en el escalón superior de una pequeña escalera de mano, colocando las lucecitas, mientras Jude Becker, situada detrás de él, le daba órdenes. La madre de Jude, un prodigio eternamente joven más temible todavía que la propia Jude, participaba también en la refriega. Le estaba dando instrucciones al pobre Ned, unas instrucciones totalmente contrarias a las de Jude. Ponlas por aquí, ponlas por allá. Esta rama, no, la otra. ¿Es que no ves el hueco que hay aquí? ¿Pero qué demonios estás mirando? Entretanto, Rocky Becker, el veinteañero que había abandonado los estudios, permanecía sentado en el sofá con una lata de algo en la mano, burlándose de ellos y dándoles unos consejos, a los que, al parecer, nadie prestaba la menor atención. Pero era el único que se reía.

La escena provocó la sonrisa de Luther, le confirmó su acierto y le hizo sentirse orgulloso de su decisión de prescindir simplemente de todo aquel jaleo.

Siguió adelante con paso cansino, llenándose los arrogantes pulmones con el fresco aire y alegrándose por primera vez en su vida de saltarse el temido ritual del adorno del árbol. Dos puertas más abajo se detuvo para contemplar el asalto del clan de los Frohmeyer a un abeto de casi dos metros y medio de altura. El señor Frohmeyer había aportado dos hijos al matrimonio. La señora Frohmeyer se había presentado con tres y a éstos habían añadido otro con el que sumaban un total de seis, el mayor de los cuales no superaba los doce años. Toda la prole estaba colgando adornos y guirnaldas de oropel. En determinado momento de todos los meses de diciembre, Luther oía comentar a alguna mujer del barrio lo feo que resultaba el árbol de los Frohmeyer. Como si a él le importara.

Pero, tanto si el árbol era feo como si no, ellos se lo pasaban en grande llenándolo de ridículos y vulgares adornos. Frohmeyer se dedicaba a la investigación en la universidad y ganaba ciento diez mil dólares anuales según los rumores, pero, con los seis hijos que tenía, no le daban para mucho. Su árbol sería el último en desaparecer pasado Año Nuevo.

Luther dio media vuelta y regresó a casa. En el chalé de los Becker, Ned estaba sentado en el sofá con una bolsa de hielo sobre el hombro y Jude revoloteaba a su alrededor y le echaba un sermón, meneando el índice. La escalera de mano estaba volcada y la suegra la estaba examinando. Cualquiera que hubiera sido la causa de la caída, no cabía la menor duda de que toda la culpa se la iban a echar al pobre Ned.

«Estupendo —pensó Luther—. Ahora me tendré que pasar cuatro meses escuchando los detalles de una nueva dolencia.» Ahora que recordaba, Ned Becker ya se había caído de la escalera en otra ocasión, quizá cinco o seis años antes. Se había estrellado contra el árbol y lo había derribado al suelo, cargándose todos los adornos de Jude. Tras lo cual, ésta se había pasado un año haciendo pucheros.

«Qué locura», pensó Luther.

4

Nora y dos amigas acababan de atrapar una mesa en su establecimiento de comida preparada preferido, una estación de servicio transformada en charcutería, que seguía vendiendo gasolina pero había añadido bocadillos de diseño y café con leche a tres dólares la taza. Todos los mediodías se llenaba de gente y las largas colas atraían a más gente todavía.

Era un almuerzo de trabajo. Candi y Merry eran las otras dos miembros de un comité encargado de supervisar una subasta con destino al museo de arte. En torno a otras mesas se estaban acomodando con gran dificultad otras recaudadoras de fondos similares.

Sonó el móvil de Nora. Ésta pidió perdón por no haberlo desconectado, pero Merry insistió en que atendiera la llamada. Los móviles sonaban por todo el establecimiento.

Era Aubie otra vez y, al principio, Nora se sorprendió de que conociera su número. Pero es que tenía por costumbre darlo a todo el mundo.

—Es Aubie, el de La Semilla de Mostaza —les explicó a Candi y Merry, incluyéndolas en la conversación.

Ellas asintieron con la cabeza sin el menor interés. Por lo visto, todo el mundo conocía a Aubie, el de La Semilla de Mostaza. Tenía los precios más caros del mundo, por lo que, en cuestión de artículos de papelería, si una compraba allí, podía mirar por encima del hombro a cualquiera.

—Olvidamos comentar el tema de las invitaciones a su fiesta —dijo Aubie, y a Nora se le paralizó el corazón.

Ella también se había olvidado de las invitaciones y no quería hablar del asunto en presencia de Candi y Merry.

—Ah, sí —dijo.

Merry había trabado conversación con una voluntaria de la mesa de al lado y Candi estaba mirando a su alrededor para ver quién no estaba allí.

—Tampoco las vamos a necesitar —dijo Nora.

—¿No celebrarán ninguna fiesta? —preguntó Aubie sin poder disimular su curiosidad.

—Pues no, este año no habrá fiesta.

—Ya, pero es que…

—Gracias por su llamada, Aubie —dijo ella en un susurro, desconectando el aparato.

—¿Qué es lo que no vais a necesitar? —preguntó Merry, interrumpiendo bruscamente su conversación con la otra mujer para concentrarse en Nora.

—¿Que no habrá fiesta este año? —preguntó Candi, clavando los ojos en los de Nora cual si fueran un radar—. ¿Qué ha ocurrido?

Aprieta los dientes, se dijo Nora en tono apremiante. Piensa en las playas, en la cálida agua salada, en los diez días en el paraíso.

—Pues nada —contestó—. Este año vamos a hacer un crucero en lugar de celebrar la Navidad. Blair se ha ido, ¿sabéis?, y necesitamos tomarnos un respiro.

De repente, la charcutería se quedó en silencio, o eso por lo menos le pareció a Nora. Candi y Merry fruncieron el entrecejo mientras repasaban mentalmente la noticia. Nora, con las palabras de Luther resonando en los oídos, siguió adelante con su ofensiva.

—Diez días en el *Island Princess*, un barco de superlujo. Las Bahamas, Jamaica, Gran Caimán. Ya he adelgazado un kilo y medio —dijo con alegre complacencia.

—¿Que no vais a celebrar la Navidad? —preguntó Merry en tono incrédulo.

—Eso es lo que he dicho —contestó Nora.

Merry era muy rápida en sus juicios y Nora había aprendido hacía años a replicar de inmediato. Se tensó, preparada para una palabra cortante.

—¿Y cómo te las arreglas para no celebrar la Navidad? —preguntó Merry.

—Te la saltas sin más —contestó Nora como si con eso quedara todo explicado.

—Me parece maravilloso —dijo Candi.

—¿Y qué vamos a hacer en Nochebuena? —preguntó Merry.

—Ya se os ocurrirá algo —dijo Nora—. Hay otras fiestas.

—Pero ninguna como la tuya.

—Eres un cielo.

—¿Cuándo os vais? —preguntó Candi, soñando ahora con las playas sin la necesidad de tener que cargar con montones de parientes políticos durante una semana.

—El mismo día de Navidad. Hacia el mediodía.

Era una hora un poco rara para salir, pensó cuando Luther reservó plaza para el crucero. Si vamos a saltarnos la Navidad, querido, le dijo, ¿por qué no salimos unos cuantos días antes? Y, de paso, nos saltamos la Nochebuena. Nos saltamos todo este insensato jaleo. «¿Y si llama Blair en Nochebuena?», le contestó él. Además, Biff les rebajaba trescientos noventa y nueve dólares del paquete porque pocas personas viajaban el veinticinco de diciembre. En cualquier caso, las reservas ya estaban hechas y pagadas y no habría ningún cambio.

—Pues entonces, ¿por qué no celebráis la fiesta de Nochebuena? —preguntó Merry, poniéndose un poco pesada, pues temía verse obligada a organizar una por su cuenta.

—Porque no queremos, Merry. Nos vamos a tomar un respiro y sanseacabó. Un año sin Navidad. Nada. Nada de árbol, ni de pavo ni de regalos. El dinero lo malgastaremos en un crucero. ¿Entendido?

—Yo lo entiendo —dijo Candi—. Ojalá Norman hiciera algo así. Pero ni se le ocurriría, por nada del mundo querría perderse veinte partidas de bolos. No sabes cuánto te envidio, Nora.

Tras lo cual, Merry hincó el diente en su bocadillo de aguacate. Masticó y se puso a mirar a su alrededor. Nora sabía exactamente lo que estaba pensando. ¿A quién se lo voy a contar primero? ¡Los Krank se van a saltar las Navidades! ¡Nada de fiesta! ¡Nada de árbol! Sólo dinero en el bolsillo para poder derrocharlo en un crucero.

Nora también comió, sabiendo que, en cuanto cruzara aquella puerta, el chisme se propagaría por toda la charcutería y, antes de la cena, todas las personas de su mundo se habrían enterado de la noticia. «¿Y qué?», pensó. Era inevitable, y ¿por qué tanto alboroto? Una mitad se uniría al bando de Candi, ardería de envidia y soñaría con Nora. Y la otra mitad estaría con Merry, aparentemente consternada ante la sola idea de que alguien pudiera saltarse la Navidad, pero incluso en el seno de aquel grupo de críticos Nora sospechaba que muchos envidiarían en secreto su crucero.

Y, en cuestión de tres meses, ¿qué más le daría a la gente?

Tras tomar unos cuantos bocados, las tres amigas empujaron los bocadillos a un lado y sacaron los papeles. No se hizo ningún otro comentario acerca de la Navidad, por lo menos no en presencia de Nora. Mientras se alejaba en su automóvil, ésta llamó a Luther para comunicarle la noticia de su más reciente victoria.

Luther iba de un lado para otro. Su secretaria, una bruja de cincuenta años llamada Dox, había replicado en tono sarcástico que se tendría que comprar ella misma un frasco de perfume barato, dado que aquel año Papá Noel no pasaría por allí. Lo habían llamado Scrooge* un par de veces, cada vez con el acompañamiento de una carcajada. Qué original, pensó Luther.

Bien entrada la mañana, Yank Slader entró en el despacho de Luther como si huyera de la persecución de unos encolerizados clientes. Cerró la puerta atisbando con disimulo y se sentó.

—Eres un genio, tío —dijo casi en voz baja.

Yank era especialista en amortizaciones, tenía miedo hasta de su propia sombra y le encantaban las jornadas de dieciocho horas porque su mujer era una arpía de mucho cuidado.

—Por supuesto que lo soy —dijo Luther.

* Viejo avaro que aparece en la obra *Cuento de Navidad* de Dickens. *(N. de la T.)*

—Anoche regresé a casa muy tarde y, cuando mi mujer se fue a la cama, hice lo mismo que tú. Repasé los números, los extractos del banco y demás, y resultó que había gastado casi siete de los grandes. ¿Cuántos daños sufriste tú?

—Algo más de seis mil.

—Increíble, y todo para nada. Me pongo enfermo sólo de pensarlo.

—Haz un crucero —dijo Luther, sabiendo muy bien que la mujer de Yank jamás aceptaría semejante locura. Para ella, las fiestas empezaban a finales de octubre e iban cobrando progresivamente fuerza hasta llegar a la gran explosión, un maratón de diez horas el día de Navidad, con cuatro comidas y la casa abarrotada de gente.

—Hacer un crucero —musitó Yank—. No se me ocurre nada peor. Encerrado en un barco con Abigail durante diez días. La arrojaría por la borda.

Y nadie te lo reprocharía, pensó Luther.

—Siete mil dólares —repitió Yank, ensimismado.

—Ridículo, ¿no te parece? —dijo Luther mientras, por un instante, ambos expertos lamentaban el despilfarro de un dinero tan duramente ganado.

—¿Es tu primer crucero? —preguntó Yank.

—Sí.

—Yo jamás he hecho ninguno. No sé si debe de haber gente desparejada a bordo.

—Estoy seguro de que sí. No te exigen ir con pareja. ¿Estás pensando en irte tú solo, Yank?

—No lo estoy pensando, lo estoy soñando.

Se perdió en sus pensamientos mientras sus apagados ojos se iluminaban con un destello de esperanza, de diversión, de algo que Luther jamás había visto en él.

Yank abandonó por un instante aquella estancia y sus pensamientos recorrieron velozmente el Caribe, maravillosamente solo sin Abigail.

Luther guardó silencio mientras su compañero soñaba, pero los sueños no tardaron en resultar un poco embarazosos. Por suerte, sonó el teléfono y Yank regresó bruscamente al duro mundo de las tablas de amortización y a una esposa pendenciera. Se levantó como si ya no tuviera nada más que decir. Sin embargo, al llegar a la puerta añadió:

—Eres mi héroe, Luther.

Vic Frohmeyer se enteró de los rumores por el señor Scanlon, el jefe de sección de los *boy scouts* del barrio, y por la sobrina de su mujer, que compartía una habitación con una chica que trabajaba a tiempo parcial en La Semilla de Mostaza de Aubie, y por un compañero de la universidad a cuyo hermano le hacía la declaración de la renta alguien de Wiley & Beck. Tres fuentes distintas, lo cual significaba que los rumores tenían que ser ciertos. Krank era muy dueño de hacer cualquier cosa que le saliera de las narices, pero Vic y los

54

restantes vecinos de Hemlock no lo aceptarían sin rechistar.

Frohmeyer era el jefe no elegido de Hemlock. Su chollo en la universidad le permitía disponer de tiempo para otras actividades, y su desbordante energía lo inducía a pasarse el rato en la calle organizando toda suerte de actividades. Teniendo seis hijos, su casa era el lugar de encuentro por excelencia. Las puertas estaban siempre abiertas y siempre había algún juego en marcha. Como consecuencia de ello, su césped estaba un tanto deteriorado, pero él cuidaba con sumo esmero sus parterres de flores.

Era Frohmeyer quien llevaba a Hemlock a los candidatos para que participaran en las barbacoas de su patio de atrás y para que hicieran sus promesas electorales. Frohmeyer repartía las peticiones llamando de puerta en puerta y era el que animaba a sus convecinos para que se manifestaran en contra de una anexión o a favor de bonos escolares o en contra de una nueva autovía de cuatro carriles situada a varios kilómetros de distancia o a favor de una nueva red de alcantarillado. Frohmeyer llamaba al servicio de limpieza cuando no recogían la basura de algún vecino y, siendo quien era, los asuntos se resolvían rápidamente. Si alguien encontraba un perro extraviado de otra calle, bastaba una llamada de Vic Frohmeyer para que el servicio de Control de Animales se presentara de inmediato.

Si veían a un muchacho melenudo con tatuajes y la siniestra pinta propia de un delincuente, Frohmeyer conseguía que la policía le apuntara al pecho con el dedo y le empezara a hacer preguntas.

Si alguien de Hemlock tenía que ingresar en el hospital, los Frohmeyer organizaban las tandas de visitas y de comidas y se encargaban incluso del cuidado del jardín. Cuando se producía un fallecimiento en Hemlock, se encargaban de las flores para el funeral y las visitas al cementerio. Un vecino que necesitara algo podía acudir a los Frohmeyer para lo que fuera.

La idea de los Frostys, los muñecos de nieve, se le había ocurrido a Vic, pero el mérito no era enteramente suyo, pues la había copiado de una zona residencial de Evanston. El mismo Frosty en todos los tejados de Hemlock, un Frosty de algo más de dos metros de altura con una estúpida sonrisa, un sombrero de copa negro y unos gruesos «michelines» en la cintura, iluminado de blanco desde el interior mediante una bombilla de doscientos vatios enroscada en una cavidad cercana al colon de Frosty. Los Frostys de Hemlock habían debutado seis años atrás y habían obtenido un éxito arrollador. Veintiuna casas a un lado y otras tantas al otro, toda la calle bordeada por dos perfectas hileras de Frostys a doce metros de altura del suelo. Dos equipos de telediario habían ofrecido reportajes en directo.

Al año siguiente, la calle Stanton, al sur, y la calle Ackerman, al norte, se adornaron respectivamente con *Rudolphs* y cascabeles de plata, y entonces el municipio, accediendo a los discretos requerimientos de Frohmeyer, empezó a otorgar premios a los mejores adornos del barrio.

Dos años atrás se había producido un desastre cuando se desencadenó un vendaval que envió casi todos los Frostys al distrito colindante. Frohmeyer reunió a los vecinos y el año anterior Hemlock se había adornado con una versión ligeramente más pequeña de Frostys. Sólo dos casas no habían participado.

Cada año Frohmeyer decretaba la fecha en que debían resucitar los Frostys, por lo que, tras haber oído los rumores acerca de Krank y de su crucero, decidió hacerlo de inmediato. Después de cenar redactó una pequeña circular para sus vecinos, cosa que hacía por lo menos un par de veces al mes, hizo cuarenta y una copias y encargó a sus seis hijos la distribución directa a cada casa de Hemlock. La nota decía: «Apreciado vecino: Mañana los cielos estarán despejados, un excelente momento para devolver a Frosty a la vida. Llame a Marty, a Judd o a mí mismo si necesita ayuda. Vic Frohmeyer».

Luther tomó la nota que le ofrecía un sonriente chiquillo.

—¿Quién es? —preguntó Nora desde la cocina.

—Frohmeyer.

—¿Sobre qué?

—Frosty.

Nora se dirigió muy despacio al salón, donde Luther sostenía en la mano la cuartilla como si fuera una convocatoria para formar parte de un jurado. Ambos se miraron asustados y Luther empezó a menear lentamente la cabeza.

—Tienes que hacerlo —le dijo ella.

—No, no lo haré —replicó él con gran firmeza mientras su furia crecía por momentos—. No pienso hacerlo. No permito que Vic Frohmeyer me diga que tengo que adornar mi casa para la Navidad.

—Es sólo colocar a Frosty.

—No, es mucho más que eso.

—¿Qué?

—Es el principio, Nora. ¿Es que no lo entiendes? Podemos saltarnos la Navidad si nos sale de las puñeteras narices y…

—No digas palabrotas, Luther.

—Y nadie, ni siquiera Vic Frohmeyer, nos lo puede impedir. —Más gritos—. ¡No quiero que me obliguen a hacer eso!

Estaba señalando hacia el techo con una mano mientras agitaba la nota en la otra. Nora se retiró a la cocina.

5

Un Frosty de Hemlock constaba de cuatro piezas: una ancha base redonda, una bola de nieve ligeramente más pequeña que encajaba en la base, después un tronco y después la cabeza con la cara y el sombrero. Cada pieza se podía encajar en la siguiente de mayor tamaño de tal forma que el almacenamiento durante los restantes meses del año no planteaba demasiadas dificultades. Puesto que su precio era de ochenta y ocho dólares con noventa y nueve centavos más gastos de envío, todo el mundo guardaba su Frosty con sumo cuidado.

Y los desenvolvía con gran regocijo. Durante toda la tarde se podían ver piezas de Frosty en casi todos los cobertizos de coches de Hemlock y a sus propietarios quitándoles el polvo y comprobando el estado de las piezas. Después los ensamblaban como si fueran auténticos muñecos de nieve, una pieza encima de la otra, hasta que alcanzaban los más de dos metros de altura y quedaban listos para ser colocados en el tejado.

La instalación no era una tarea muy sencilla. Se necesitaba una escalera de mano y una cuerda, más la ayuda de un vecino. Primero se tenía que escalar el tejado con una cuerda alrededor de la cintura y después se izaba a Frosty, que era de plástico duro y pesaba unos veinte kilos, procurando que no sufriera arañazos con las tejas de asfalto. Cuando Frosty llegaba a la cumbre, lo ataban a la chimenea con una cinta de lona que el propio Vic Frohmeyer se había inventado. Se enroscaba una bombilla de veinte vatios a las entrañas de Frosty y se arrojaba una extensión desde la parte posterior del tejado.

Wes Trogdon era un corredor de seguros que había llamado a la compañía para comunicar que estaba indispuesto para poder sorprender a sus hijos levantando su Frosty primero que nadie. Él y su mujer, Trish, lavaron su muñeco de nieve poco después del almuerzo y, a continuación, bajo la estrecha supervisión de su esposa, Wes trepó al tejado, bregó y efectuó los necesarios ajustes hasta completar la tarea.

Desde doce metros de altura y con una vista espléndida, miró arriba y abajo de Hemlock y se llenó de orgullo al pensar que se había adelantado a todos, incluido Frohmeyer.

Mientras Trish preparaba chocolate caliente, Wes empezó a arrastrar cajas de lucecitas de colores desde el sótano hasta el camino de la entrada, donde las sacó para examinar los circuitos. Ningún vecino de Hemlock colocaba más lucecitas navideñas que los Trogdon. Recubrían las paredes del patio, adornaban los arbustos y los árboles, perfilaban la casa y adornaban las ventanas…; el año anterior habían encendido catorce mil luces.

Frohmeyer salió temprano del trabajo para poder supervisar las tareas de Hemlock y se alegró mucho al ver tanta actividad. Se sintió momentáneamente celoso de Trogdon por habérsele adelantado, pero, en realidad, ¿qué más daba? Ambos no tardaron en unir sus fuerzas en el camino de la entrada de la señora Ellen Mulholland, una encantadora viuda que ya estaba cociendo en el horno unos deliciosos pastelitos de chocolate y nueces. Izaron su Frosty en un abrir y cerrar de ojos, devoraron sus pastelitos y se fueron a prestar ayuda a otro sitio. Se les unieron algunos niños, entre ellos Spike Frohmeyer, que tenía doce años y el mismo olfato que su padre para la organización y las actividades comunitarias, y, a última hora de la tarde, apuraron el paso yendo de puerta en puerta antes de que la oscuridad se les echara encima y los obligara a ir más despacio.

Al llegar a la casa de los Krank, Spike llamó al timbre pero no obtuvo respuesta. El Lexus del señor Krank no estaba allí, lo cual no era nada extraño a las cinco de la tarde. Pero el Audi de la señora

Krank se encontraba bajo el cobertizo, señal segura de que ella estaba en casa. Las cortinas estaban corridas y las persianas bajadas. Pero nadie abría la puerta, por lo que el grupo se dirigió a casa de los Becker, donde Ned estaba lavando a Frosty mientras su suegra le ladraba instrucciones desde los peldaños de la entrada.

—Ya se van —murmuró Nora por el teléfono de su dormitorio.

—¿Por qué hablas en voz baja? —le preguntó Luther un tanto alterado.

—Porque no quiero que me oigan.

—¿Quiénes son?

—Creo que Vic Frohmeyer, Wes Trogdon, me parece que ese Brixley del otro extremo de la calle y unos niños.

—Un auténtico grupo de matones, ¿eh?

—Más bien una pandilla callejera. Ahora están en casa de los Becker.

—Que Dios se apiade de ellos.

—¿Dónde está Frosty? —preguntó Nora.

—Donde siempre ha estado desde el mes de enero. ¿Por qué?

—No sé.

—Tiene gracia, Nora. Hablas en voz baja por teléfono en el interior de una casa cerrada porque nuestros vecinos están yendo de puerta en puerta para ayudar a otros vecinos a colocar un ridículo muñeco de nieve de plástico de dos metros de altura que, por cierto, no tiene absolutamente nada que ver con la Navidad. ¿Lo has pensado alguna vez, Nora?

—No.

—Votamos a favor de *Rudolph*, ¿recuerdas?

—Pues no.

—Tiene gracia.

—Pues yo no me río.

—Frosty se va a tomar un año de vacaciones, ¿de acuerdo? La respuesta es no.

Luther colgó suavemente el aparato y trató de concentrarse en su trabajo. Cuando ya había anochecido, regresó muy despacio a casa, pensando por el camino que era una tontería preocuparse por cuestiones tan intrascendentes como colocar un muñeco de nieve en el tejado. Y se pasó todo el rato pensando en Walt Scheel. «Vamos, Scheel —murmuró para sus adentros—. No me decepciones.»

Walt Scheel era su rival en Hemlock, un malhumorado sujeto que vivía justo delante de ellos, en la acera de enfrente. Dos hijos recién salidos de la universidad, una esposa que luchaba contra un cáncer de mama, un misterioso trabajo en una empresa belga, unos ingresos que, al parecer, se contaban entre los más altos de Hemlock; pero, a pesar de lo que ganaba, Scheel y su mujer querían que sus vecinos creyeran que tenían mucho más. Si Luther se compraba un Lexus, Scheel se compraba otro. Si Bellington instalaba una piscina, Scheel necesitaba de repente una piscina en el patio de atrás, por prescripción facultativa. Si Sue Kropp, la del extremo oriental, instalaba en su cocina electrodomésticos de diseño —corrían rumores de que se había gastado en ellos ocho mil dólares—, Bev Scheel se gastaba nueve mil seis meses más tarde.

Según algunos testigos, después de la reforma, los platos de Bev, que era una pésima cocinera, sabían peor.

Pero su altivez había sufrido un duro golpe dieciocho meses antes a causa del cáncer de mama. Los Scheel habían sufrido una gran humillación. El hecho de ir siempre por delante de los vecinos ya no tenía importancia. Los objetos eran inútiles. Habían soportado la enfermedad con serena dignidad y, como de costumbre, Hemlock los había apoyado como si fueran de la familia. Tras un año de quimio, la empresa belga había llevado a cabo un reajuste. Cualquiera que fuera el trabajo de Walt, estaba claro que ahora éste desempeñaba una tarea de inferior categoría.

La Navidad anterior los Scheel estaban tan trastornados que apenas pusieron adornos. No colocaron a Frosty, el árbol era casi insignificante y sólo pusieron unas cuantas lucecitas alrededor de la ventana de la fachada, como si la idea se les hubiera ocurrido con retraso.

El año anterior, dos casas de Hemlock no habían colocado Frostys: la de los Scheel y otra del extremo occidental, propiedad de un matrimonio paquistaní que vivió tres meses allí y después se mudó a otro sitio. La casa estaba a la venta y Frohmeyer había considerado incluso la posibilidad de efectuar una incursión nocturna en la casa para colocar en su tejado el Frosty de repuesto que guardaba en el sótano.

—Vamos, Scheel —murmuró mientras circulaba entre el tráfico—. Deja tu Frosty en el sótano.

La idea de Frosty había tenido su gracia seis años atrás, cuando se le ocurrió a Frohmeyer. Ahora era una lata. Pero no para los niños de Hemlock, reconocía Luther. Hacía tres años se había alegrado en su fuero interno cuando las ráfagas de viento habían azotado los tejados y habían enviado volando los Frostys sobre media ciudad.

Enfiló Hemlock y, por lo que pudo ver, la calle estaba flanqueada por muñecos de nieve idénticos, encaramados como luminosos centinelas en lo alto de las casas. Sólo se observaban dos huecos en sus filas: los Scheel y los Krank.

—Gracias, Scheel —murmuró Luther.

Unos niños circulaban en bicicleta. Los vecinos estaban fuera, colocando las luces y conversando por encima de los setos.

Una pandilla callejera se estaba reuniendo en el cobertizo de los coches de Scheel, observó Luther mientras aparcaba y se dirigía rápidamente a su casa. Como era de esperar, a los pocos minutos levantaron una escalera de mano y Frohmeyer subió con toda la agilidad de un veterano techador. Luther atisbó a través de las persianas de la puerta principal de su casa. Walt Scheel estaba en el patio de la parte anterior de la casa con unas doce personas y Bev permanecía de pie, en bata, en los peldaños de la entrada. Spike Frohmeyer estaba bregando con una extensión eléctrica. Se oían gritos y risas, todo el mundo le gritaba instrucciones a Frohmeyer mientras izaban el penúltimo Frosty de Hemlock.

Apenas hablaron durante la cena a base de pasta sin salsa y requesón. Nora había adelgazado un kilo y medio y Luther dos. Tras lavar los platos, éste bajó a su trabajo del sótano, donde caminó durante cincuenta minutos quemando trescientas cincuenta calorías, más de las que acababa de consumir. Se duchó y trató de leer un poco.

Cuando la calle se quedó desierta, salió a dar un paseo. No quería ser un prisionero en su propia casa. No se escondería de sus vecinos. No tenía nada que temer de aquella gente.

Experimentó una punzada de remordimiento al contemplar las dos pulcras hileras de muñecos de nieve que vigilaban su pequeña y tranquila calle. Los Trogdon estaban colocando más adornos en su árbol, lo cual le trajo a la memoria algunos lejanos recuerdos de la infancia de Blair y aquellos tiempos tan remotos. No era de temperamento nostálgico. Se vive la vida de hoy, no la de mañana y tanto menos la de ayer, solía decir. Los cálidos recuerdos fueron rápidamente sustituidos por los pensamientos de las compras, el tráfico y el dinero derrochado. Luther estaba tremendamente orgulloso de su decisión de saltarse un año.

El cinturón le iba un poco más flojo. Las playas lo esperaban. Una bici apareció de repente como por arte de ensalmo y se detuvo patinando.

—Hola, señor Krank.

Era Spike Frohmeyer, regresando sin duda a casa tras algún juvenil encuentro clandestino. El chico dormía menos que su padre y todo el barrio comentaba los paseos nocturnos de Spike. Era un muchacho simpático, pero un tanto indisciplinado.

—Hola, Spike —contestó Luther, conteniendo la respiración—. ¿Qué te trae por aquí?

—Estaba echando un vistazo a las cosas —contestó como si fuera el vigilante oficial del barrio.

—¿Qué cosas, Spike?

—Mi padre me ha enviado a la calle Stanton para ver cuántos *Rudolphs* han colocado.

—¿Cuántos? —preguntó Luther, siguiéndole la corriente.

—Ninguno. Les hemos vuelto a ganar.

«Qué noche tan victoriosa celebrarían los Frohmeyer», pensó Luther. Menuda bobada.

—¿Va usted a colocar el suyo, señor Krank?

—Pues no, Spike. Este año no estaremos en la ciudad, no celebraremos la Navidad.

—No sabía que se pudiera hacer eso.

—Estamos en un país libre, Spike, puedes hacer casi lo que quieras.

—Pero usted no se irá hasta el día de Navidad —dijo Spike.

—¿Cómo?

—Al mediodía, según he oído decir. Dispone de mucho tiempo para colocar a Frosty. De esta manera, podremos volver a ganar el premio.

Luther hizo una pausa de un segundo y se sorprendió una vez más de la rapidez con la cual los asuntos privados de una persona se podían propagar por el barrio.

—El premio es una exageración, Spike —dijo juiciosamente—. Deja que este año se lleve el premio otra calle.

—Creo que tiene usted razón.

—Anda, vete a casa.

El muchacho se alejó en su bicicleta y volvió la cabeza diciendo:

—Hasta luego.

El padre del niño aguardaba al acecho cuando Luther se acercó dando un paseo.

—Buenas noches, Luther —dijo Vic, como si el encuentro fuera puramente fortuito. Estaba apoyado en el buzón de la correspondencia, situado al final de su camino particular.

—Buenas noches, Vic —contestó Luther, casi a punto de detenerse. Pero, en el último momento, decidió seguir adelante. Rodeó a Frohmeyer, el cual lo siguió.

—¿Cómo está Blair?

—Muy bien, Vic, gracias. ¿Y tus niños?

—Muy animados. Es la mejor época del año, Luther. ¿No lo crees tú así?

Frohmeyer le había dado alcance y ahora ambos caminaban el uno al lado del otro.

—Totalmente. No podría sentirme más feliz. Pero echo de menos a Blair. No será lo mismo sin ella.

—Por supuesto que no.

Se habían detenido delante del chalé de los Becker, justo al lado del de Luther, y estaban observando cómo el pobre Ned se mantenía en precario equilibrio en el último escalón de la escalera de mano en un infructuoso intento de colocar una estrella de gran tamaño en la rama más alta del árbol. Su mujer permanecía situada a su espalda ayudándole enormemente con sus instrucciones, aunque sin sujetar ni un solo momento la escalera mientras su suegra se mantenía algo más apartada para dominarlo todo mejor. Parecía inminente un combate a puñetazos.

—Hay ciertas cosas de la Navidad que no voy a echar de menos —dijo Luther.

—¿O sea que te la vas a saltar en serio?

—Exactamente, Vic. Y te agradecería mucho que colaboraras un poco.

—No me parece bien y no sé por qué.

—Eso no eres tú quien tiene que decidirlo, ¿no crees?

—No, claro.

—Buenas noches, Vic.

Luther lo dejó allí, contemplando la divertida escena de los Becker.

6

La mesa redonda de Nora de última hora de la mañana en el hogar para mujeres maltratadas acabó de mala manera cuando Claudia, una amiga ocasional en el mejor de los casos, preguntó de repente como el que no quiere la cosa:

—O sea que este año no vas a organizar la fiesta de Nochebuena, ¿verdad, Nora?

De las ocho mujeres presentes, incluida la propia Nora, exactamente cinco de ellas habían sido invitadas a sus fiestas de Navidad en el pasado y tres no, y justo en aquel momento aquellas tres estaban buscando un hueco para colarse, al igual que Claudia.

«Pequeña bruja del demonio», pensó Nora, pero consiguió contestar rápidamente:

—Me temo que no. Este año nos la vamos a saltar.

A lo cual hubiera deseado añadir: «Y, si alguna vez celebramos otra fiesta, Claudia querida, no contengas el aliento esperando que te invite».

—Tengo entendido que vais a hacer un crucero —dijo Jayne, una de las tres excluidas, tratando de reconducir el curso de la conversación.

—La verdad es que nos vamos el mismo día de Navidad.

—¿O sea que os vais a saltar totalmente la Navidad? —preguntó Beth, otra amistad casual a la que invitaban cada año sólo porque la empresa de su marido mantenía relaciones comerciales con Wiley & Beck.

—Toda —contestó Nora en tono agresivo, notándose un nudo en el estómago.

—Una buena manera de ahorrar dinero —comentó Lila, la bruja más grande de todo el grupo. El acento en la palabra «dinero» quizá pretendía insinuar que en casa de los Krank la situación económica era un poco apurada. Nora notó que le ardían las mejillas. El marido de Lila era pediatra, la categoría de médico peor pagada, pero médico a pesar de todo. Luther sabía de buena tinta que estaban muy endeudados: casa impresionante, coche impresionante, club de campo. Tenían elevados ingresos, pero gastaban mucho más.

Por cierto, ¿dónde estaba Luther en aquellos terribles momentos? ¿Por qué tenía ella que aguantar todo el peso de su descabellado proyecto? ¿Por qué se encontraba ella en el frente mientras él permanecía cómodamente sentado en su tranquilo despacho, tratando con gente que, o bien trabajaba para él, o bien le tenía miedo? Wiley & Beck era un club de viejos amigos, un grupito de tacaños y pelmazos contables que probablemente estaban brindando por Luther por su valentía al haberse atrevido a esquivar la Navidad y ahorrarse unos cuantos dólares. Si su desafío pudiera arraigar en algún lugar, no cabía duda de que éste sería en la profesión de los contables.

Y, en cambio, a ella le estaban volviendo a dar una paliza mientras Luther se encontraba a salvo en el trabajo, interpretando probablemente el papel de héroe.

Las mujeres eran las que se encargaban de organizar la Navidad, no los hombres. Ellas compraban, adornaban y cocinaban, planificaban las fiestas, enviaban tarjetas y se preocupaban por cosas en las que los hombres ni siquiera pensaban. ¿Exactamente por qué razón tenía Luther tanto empeño en esquivar la Navidad si apenas hacía el menor esfuerzo por conseguirlo?

Nora estaba furiosa, pero se contuvo. Hubiera sido absurdo montar un pollo enteramente femenino en el hogar para mujeres maltratadas.

Alguien comentó la posibilidad de levantar la sesión y Nora fue la primera en abandonar la estancia. Su furia fue en aumento mientras regresaba a casa en su automóvil, pues estaba pensando cosas muy desagradables acerca de Lila y su comentario sobre el dinero. Y cosas todavía peores acerca de su marido y su egoísmo. Estaba a punto de sucumbir a la tentación de derrumbarse, entregarse a una orgía de compras y llenar la casa de adornos para que él se los encontrara al regresar a casa. Era capaz de adornar un árbol en un par de horas. Aún no era demasiado tarde para organizar la fiesta. Frohmeyer estaría encantado de echarle una mano en la colocación de Frosty. Descontando los regalos y demás, aún les quedaría dinero suficiente para el crucero.

Al girar en Hemlock, lo primero que vio fue, naturalmente, que sólo una casa carecía de muñeco de nieve en el tejado. Gracias a Luther, se tendrían que pasar tres semanas aguantando aquel oprobio. Su preciosa casa de ladrillo de dos pisos allí sola, como si los Krank fueran hindúes o budistas o pertenecieran a alguno de esos grupos que no creen en la Navidad.

De pie en el salón, miró a través de la ventana de la fachada y, por primera vez, se percató de lo fría y desangelada que resultaba la casa sin los adornos. Se mordió el labio y tomó el teléfono, pero Luther había salido a tomarse un bocadillo. En el montón de correspondencia que había sacado del buzón, entre dos sobres de felicitaciones navideñas, vio algo que la dejó petrificada. Un sobre de correspondencia aérea desde el Perú. Con unas palabras en español escritas con letras de imprenta en la parte anterior.

Nora se sentó y lo abrió. Eran dos páginas escritas con la preciosa caligrafía de Blair, y las palabras tenían un valor incalculable.

Se lo estaba pasando muy bien en la selva del Perú. Le encantaba vivir con una tribu india cuyos orígenes se remontaban a varios miles de años atrás. Eran muy pobres en comparación con nuestros criterios, pero estaban sanos y eran felices. Había tardado aproximadamente una semana en olvidarse de todas las cosas de las que ellos carecían. Al principio, los niños se mostraban muy distantes, pero ahora ya se le acercaban y estaban deseosos de aprender. Blair dedicaba unos párrafos a los niños.

Se alojaba en una cabaña de hierba con Stacy, su nueva amiga de Utah. Los otros dos voluntarios del Cuerpo de Paz vivían a dos pasos de allí. Cuatro años atrás habían levantado una pequeña escuela. En cualquier caso, ella gozaba de buena salud y comía bien, no se había producido ninguna temible enfermedad ni se habían avistado animales peligrosos y el trabajo era muy estimulante.

El último párrafo era la inyección de fortaleza que Nora necesitaba urgentemente. Decía lo siguiente:

Sé que os va a ser difícil no tenerme en casa por Navidad, pero, por favor, no estéis tristes. Mis niños de aquí no saben nada de la Navidad

y la verdad es que a mí me apetece mucho sal-
tármela y disfrutar, en cambio, de su compañía.
Tienen tan pocas cosas y aspiran a tan poco
que me siento culpable del estúpido materialis-
mo de nuestra cultura. Aquí no hay calendarios
ni relojes, por lo que dudo mucho de que sepa
cuándo viene y cuándo se va.

(Además, ya lo compensaremos el año que
viene, ¿no os parece?)

Qué chica tan inteligente. Nora volvió a leer la
carta y, de repente, se llenó de orgullo, no sólo por
haber educado a una hija tan madura y juiciosa sino también por haber tomado la decisión de prescindir, por lo menos aquel año, del estúpido mate-
rialismo de nuestra cultura.

Volvió a llamar a Luther y le leyó la carta.

¡El viernes por la noche en el centro comercial! No era el lugar preferido de Luther, pero éste
había comprendido que Nora necesitaba salir una
noche. Cenaron en un falso pub de un extremo de
la galería y después se abrieron camino entre las
masas para llegar al otro extremo, donde en un
multicine se estrenaba una comedia romántica
protagonizada por toda una serie de astros de la pan-
talla. Ocho dólares la entrada a cambio de lo que
Luther sabía que iban a ser otro par de aburridas

horas de aguantar a unos payasos superpagados que se pasarían el rato riéndose a lo largo de un argumento para semianalfabetos. Pero a Nora le gustaba mucho ir al cine y él le siguió la corriente para mantener la fiesta en paz. A pesar de la gente que abarrotaba el centro comercial, el cine estaba desierto, lo cual llenó de alegría a Luther al darse cuenta de que todos los demás estaban allí fuera comprando. Se repantigó en la butaca con las palomitas de maíz y se quedó dormido.

Se despertó con un codazo en las costillas.

—Estás roncando —le dijo Nora en voz baja.

—¿Y qué más da? Aquí no hay nadie.

—Cállate, Luther.

Miró un poco la película, pero, al cabo de cinco minutos, se hartó.

—Vuelvo ahora mismo —murmuró, retirándose.

Prefería luchar a brazo partido entre la gente y dejar que lo pisaran con tal de no ver aquella idiotez. Utilizó la escalera mecánica para subir al piso superior y, una vez allí, se apoyó en la barandilla para contemplar el caos de abajo. Un Papá Noel permanecía sentado en su trono mientras una larga cola se iba acercando lentamente a él. Allá en la pista de patinaje sobre hielo unos chirriantes altavoces dejaban escapar una melodía a todo volumen mientras cien niños disfrazados de duende patinaban alrededor de una criatura de peluche que, al parecer, era un reno. Todos los padres miraban a través del objetivo de una cámara de vídeo. Los fatigados compradores avanzaban con paso cansino, acarreando bolsas, chocando los unos con los otros y discutiendo con sus hijos.

Luther jamás en su vida se había sentido más orgulloso.

Al otro lado vio un nuevo establecimiento de artículos deportivos. Se acercó, observando a través del escaparate que dentro había mucha gente, pero no suficientes cajeras. Pero él sólo quería echar un vistazo. Encontró los equipos de buceo en la parte de atrás. El surtido no era muy amplio, pero estaban en diciembre. Los trajes de baño eran de tipo velocista, tremendamente estrechos de cintura y diseñados exclusivamente para nadadores olímpicos de menos de veinte años. Más que una prenda, eran una bolsa. Temía tocarlos. Pediría un catálogo y compraría desde la seguridad de su casa.

Al salir, observó una discusión junto a una caja, algo acerca de la pérdida de un bono de ahorro. Qué tontos. Se compró un yogur desnatado y se pasó el rato paseando por el piso de arriba con una sonrisa de satisfacción en los labios mientras los pobres desgraciados se iban gastando el cheque de la paga. Se detuvo ante un póster de tamaño natural de una preciosidad en tanga, con la piel impecablemente bronceada. Lo invitaba a entrar en un pequeño salón llamado Siempre Morenos. Miró a su alrededor como si fuera un *sex-shop* y entró precipitadamente en el local donde Daisy esperaba detrás de una revista. Su bronceado rostro trató de sonreír y pareció agrietarse en la frente y alrededor de los ojos. Se había blanqueado los dientes, aclarado el cabello y oscurecido la piel; por un instante Luther se preguntó cómo debía de ser antes de someterse al cambio.

Como era de esperar, Daisy le dijo que era la mejor época del año para adquirir un abono. Su oferta especial de Navidad consistía en dieciocho sesiones por noventa dólares. Al principio, sólo una sesión diaria de quince minutos, hasta llegar progresivamente a un máximo de treinta. Cuando se terminara el abono, Luther estaría espléndidamente bronceado y preparado con toda seguridad para cualquier cosa que el sol caribeño le pudiera echar encima.

La siguió unos cuantos pasos hasta una hilera de pequeñas cabinas con una camilla de bronceado en cada una de ellas y apenas nada más. Ahora utilizaban el último grito en Esterillas Bronceadoras FX-2000 recibidas directamente desde Suecia, como si los suecos fueran unos expertos en el arte del bronceado. A primera vista, la esterilla bronceadora horrorizó a Luther. Daisy le explicó que se tendría que desnudar, sí, totalmente, añadió ronroneando, y deslizarse al interior del aparato, colocándose encima la parte superior, que a Luther le recordaba un molde de gofres. Te asas durante veinte minutos, suena un reloj automático, te levantas y te vistes. No es nada.

—¿Cuánto suda uno? —preguntó Luther, tratando de asimilar su propia imagen en cueros vivos mientras ochenta lámparas le asaban todas las partes del cuerpo.

Ella le explicó que las cosas se calentaban. Una vez listo, se limpiaba la esterilla bronceadora con un aerosol y unas toallas de papel y las cosas ya estaban a punto para un nuevo cliente.

¿Cáncer de piel?, preguntó. Ella soltó una hipócrita carcajada. De eso ni hablar. Puede que ocurriera con las antiguas unidades, antes de que se perfeccionara la tecnología para eliminar los rayos ultravioleta y demás. En realidad, las nuevas esterillas eran más seguras que el sol. Ella llevaba once años bronceándose.

«Por eso tienes la piel como cuero quemado», pensó Luther.

Consiguió que le vendieran dos abonos por ciento veinte dólares. Abandonó el salón con la firme determinación de ponerse moreno, por muy incómodo que le pudiera resultar. Y se rió al imaginarse a Nora desnudándose detrás de unas paredes más delgadas que un papel y deslizándose al interior de la esterilla bronceadora.

7

El oficial se llamaba Salino y se presentaba cada año. Era fornido, no llevaba armas ni chaleco antibalas, ni maza ni porra, ni esposas ni radiotransmisor, ninguno de los artilugios que sus compañeros de profesión gustaban de ajustarse al cinturón y al cuerpo. A Salino no le sentaba nada bien el uniforme, pero llevaba tanto tiempo en tal situación que a nadie le importaba. Patrullaba por la zona sudeste, los distritos que rodeaban Hemlock, las prósperas zonas residenciales en las que el único delito era el robo de alguna que otra moto o algún que otro automóvil deportivo.

El compañero de Salino de aquella noche era un corpulento joven que mantenía las mandíbulas fuertemente apretadas y por encima del cuello de cuya camisa azul marino asomaba un grueso michelín de músculo. Se llamaba Treen y llevaba puestos todos los dispositivos y trastos de los que Salino había prescindido. Cuando los vio por el cristal de la puerta principal de su casa llamando al timbre, Luther pensó inmediatamente en Frohmeyer. Frohmeyer era capaz de conseguir que la policía acudiera a Hemlock con más rapidez que el mismísimo comisario.

Abrió la puerta, los recibió con los consabidos saludos y las buenas noches y les franqueó la entrada. No le apetecía que entraran, pero sabía que no se irían hasta que hubieran terminado el ritual.

Treen sostenía en la mano un sencillo tubo blanco de plástico que contenía el calendario.

Nora, que justo unos segundos atrás estaba viendo la televisión con su marido, había desaparecido como por arte de ensalmo, pero Luther sabía que se encontraba al otro lado de la puerta-ventana, en la cocina, sin perderse ni una sola palabra.

Salino fue el encargado de hablar. Luther pensó que ello se debía probablemente a que su compañero tenía un vocabulario muy limitado. La Asociación Benéfica de la Policía estaba trabajando una vez más a toda marcha con toda suerte de maravillosas iniciativas en favor de la comunidad. Juguetes para los niños. Cestas navideñas para los más desfavorecidos. Visitas de Papá Noel. Pistas de patinaje sobre hielo. Visitas al zoo, regalos para los ancianos de las residencias y para los veteranos de guerra ingresados en los hospitales. Salino ya había terminado su discurso. El mismo que Luther había oído otras veces.

Para sufragar en parte los gastos de sus proyectos de aquel año la Asociación Benéfica de la Policía había editado una vez más un precioso calendario para el nuevo año, en el que se mostraba una vez más a algunos de sus miembros en acción al servicio de la gente. Acto seguido, Treen sacó el calendario de Luther, lo desenrrolló y fue pasando las hojas de gran tamaño mientras Salino iba dando las correspondientes explicaciones. La página del mes de enero presentaba a un guardia urbano con una cordial sonrisa en los labios haciendo señas con la mano para que los pequeños de un parvulario cruzaran la calle. La página de febrero mostraba a un agente todavía más corpulento que Treen ayudando a un automovilista en apuros a cambiar un neumático. En medio de aquel esfuerzo, todavía le quedaban ánimos para sonreír. Marzo presentaba una tensa escena de un accidente nocturno con luces que parpadeaban por todas partes y tres hombres uniformados de azul hablando entre sí con el entrecejo fruncido.

Luther admiró las fotografías y el arte con que se habían realizado sin decir ni una sola palabra mientras los meses iban pasando.

¿Y qué ha sido de los *slips* con estampado de piel de leopardo?, hubiera querido preguntar. ¿O de las escenas en la sauna? ¿O del guardaespaldas con sólo una toalla alrededor de la cintura? Tres años atrás, la A.B.P. había sucumbido a unos gustos más modernos y había publicado un calendario lleno de fotografías de sus miembros más jóvenes y esbeltos, todos prácticamente en cueros, la mitad de ellos sonriendo estúpidamente ante la cámara y la otra mitad luchando contra la torturada apariencia del «me revienta posar como modelo» dictado por la moda contemporánea. Eran unas escenas prácticamente pornográficas y el periódico local llegó incluso a publicar en la primera plana un gran reportaje acerca de ellas.

De la noche a la mañana, se armó un escándalo mayúsculo. El alcalde estaba furioso y el Ayuntamiento se vio inundado de quejas. El director de la A.B.P. fue despedido de inmediato. Los ejemplares no distribuidos del calendario fueron quemados y la emisora local de televisión filmó en directo la escena.

Nora conservó los suyos en el sótano, donde los estuvo contemplando en secreto hasta el mes de septiembre.

El calendario de los chicos musculosos fue un desastre económico para todos los interesados, pero dio lugar a un aumento de interés al año siguiente. Las ventas casi se duplicaron.

Luther compraba uno cada año, pero sólo porque era lo obligado. Curiosamente, los calendarios no llevaban la etiqueta del precio; por lo menos, los que entregaban personalmente los tipos como Salino y Treen. Su toque personal costaba algo más, una capa adicional de buena voluntad que las personas como Luther entregaban simplemente porque eso era lo que se solía hacer habitualmente. Y precisamente este obligado y descarado soborno era lo que Luther no soportaba. El año anterior había firmado un cheque por valor de cien dólares en favor de la A.B.P., pero este año no lo haría.

En cuanto terminó la presentación, Luther echó los hombros hacia atrás y dijo:

—No me hace falta.

Salino ladeó la cabeza como si no le hubiera entendido bien. El cuello de Treen se hinchó un poco más.

El rostro de Salino se transformó en una relamida sonrisa. Puede que no le haga falta, decía la sonrisa, pero lo comprará de todos modos.

—¿Y eso por qué? —preguntó el agente.

—Ya tengo un calendario para el año que viene.

Era la primera noticia para Nora, que contenía la respiración mordiéndose una uña.

—Pero no como éste —consiguió mascullar Treen.

Salino le dirigió una mirada que decía: «¡Cállate!».

—Tengo dos calendarios en mi despacho y dos en mi escritorio —dijo Luther—. Tenemos uno junto al teléfono de la cocina. Mi reloj me dice exactamente en qué día estamos al igual que mi ordenador. Hace años que no me pierdo un solo día.

—Estamos recaudando fondos para los niños lisiados, señor Krank —dijo Salino con voz súbitamente suave y chirriante.

A Nora le asomó una lágrima.

—Nosotros ya entregamos donativos para los niños lisiados, agente —replicó Luther—. A través de United Way, la Iglesia y los impuestos hacemos donativos a todos los grupos desfavorecidos que se pueda usted imaginar.

—¿No está usted orgulloso de su policía? —preguntó Treen con aspereza, repitiendo sin duda una frase que le debía de haber oído utilizar a Salino.

Luther hizo una pausa de un segundo para tranquilizarse. Como si el hecho de adquirir un calendario fuera la única manera de medir el orgullo que le inspiraban las fuerzas policiales locales. Como si el hecho de pagar un soborno en su salón fuera una demostración de que él, Luther Krank, respaldaba totalmente a los chicos de azul.

—El año pasado pagué mil trescientos dólares en concepto de impuestos municipales —dijo Luther, clavando sus ojos encendidos de rabia en el joven Treen—. Una parte de los cuales sirvieron para pagar su sueldo. Otra parte fue para los bomberos, los conductores de ambulancias, los profesores de las escuelas, los empleados del servicio de recogida de basura, los barrenderos, el alcalde y su amplio equipo de colaboradores, los jueces, los alguaciles, los funcionarios de prisiones, todo el ejército de administrativos del Ayuntamiento y todos los trabajadores del hospital Mercy. Todos ellos desarrollan una gran labor. Usted, señor, desarrolla una gran labor. Estoy orgulloso de todos los funcionarios municipales. ¿Pero qué tiene que ver un calendario con todo eso?

Estaba claro que a Treen jamás se lo habían explicado de una manera tan lógica, por lo que el agente no supo qué contestar. Y Salino tampoco. Se produjo una tensa pausa.

Al ver que no se le ocurría ninguna respuesta inteligente, Treen también se enfureció y decidió tomar el número de la matrícula de Krank, tenderle una emboscada en algún sitio y sorprenderle tal vez superando el límite de velocidad o saltándose un semáforo. Obligarlo a detenerse, esperar a que hiciera un sarcástico comentario, sacarlo a la fuerza del vehículo, empujarlo contra el capó, colocarle las esposas y enviarlo a la cárcel.

Aquellos placenteros pensamientos lo indujeron a esbozar una sonrisa. En cambio, Salino no sonreía. Había oído los rumores acerca de Luther Krank y sus planes para saltarse la Navidad. Frohmeyer se lo había dicho. Había pasado por allí la víspera y había visto la preciosa casa sin adornar y sin Frosty, sola y tranquila, pero extrañamente distinta.

—Siento mucho que piense estas cosas —dijo apenado Salino—. Lo único que pretendemos es reunir un poco más de dinero para los niños necesitados.

Nora hubiera deseado irrumpir en la estancia diciendo: «¡Aquí tiene un cheque! ¡Deme el calendario!». Pero no lo hizo porque las consecuencias hubieran sido muy desagradables.

Luther asintió con la cabeza apretando las mandíbulas y mirando sin pestañear mientras Treen empezaba a enrollar teatralmente el calendario que ahora le endilgarían a otro. Bajo el peso de sus manazas, el calendario crujió y se arrugó mientras se iba haciendo cada vez más pequeño. Al final, su diámetro quedó reducido al de un palo de escoba y Treen lo volvió a introducir en su tubo y colocó un tapón en su extremo. Una vez finalizada la ceremonia, llegó la hora de retirarse.

—Felices fiestas —dijo Salino.

—¿La policía sigue patrocinando aquel equipo de béisbol para huérfanos? —preguntó Luther.

—Por supuesto que sí —contestó Treen.

—Pues entonces vuelvan en primavera y les entregaré un cheque de cien dólares para los uniformes.

Sus palabras no sirvieron para ablandar a los agentes, los cuales no consiguieron ni siquiera darle las gracias. En su lugar, asintieron con la cabeza y se miraron el uno al otro.

La situación era muy embarazosa cuando Luther los acompañó a la puerta sin que nadie dijera nada, sólo con el irritante ruidito que hacía Treen golpeándose la pierna con el tubo del calendario como si fuera un aburrido agente con una porra, a la espera de alguna cabeza que machacar.

—Eran sólo cien dólares —dijo severamente Nora, entrando de nuevo en la estancia.

Luther estaba atisbando a través de la persiana para cerciorarse de que efectivamente ya se hubieran ido.

—No, querida, era mucho más que eso —dijo en tono satisfecho, como si la situación hubiera sido muy complicada y sólo él hubiera comprendido su verdadero alcance—. ¿Qué tal un yogur?

Para los que se morían de hambre, la perspectiva de la comida borraba cualquier otro pensamiento. Cada noche se premiaban con un tarrito de una pobre imitación de yogur de frutas desnatado que ellos saboreaban como si fuera la última comida de su vida. Luther había adelgazado tres kilos y medio y Nora tres.

Estaban recorriendo el barrio en un camión de reparto, en busca de objetivos. Diez de ellos ocupaban la parte de atrás tumbados sobre balas de heno, cantando mientras el vehículo seguía avanzando. Bajo los *quilts* algunas manos se entrelazaban y algunos muslos se palpaban, pero la diversión era inofensiva, por lo menos, de momento. A fin de cuentas, todos pertenecían a la Iglesia luterana.

Su jefa estaba sentada al volante y a su lado se encontraba la esposa del pastor, que también se encargaba de tocar el órgano los domingos por la mañana en la iglesia.

El camión giró en Hemlock e inmediatamente vieron el objetivo.

Aminoraron la velocidad mientras se acercaban a la casa sin adornos de los Krank. Por suerte, Walt Scheel estaba en el jardín luchando con una extensión unos dos metros y medio demasiado corta para poder conectar la electricidad del garaje con su seto de boj, en torno al cual había entretejido cuidadosamente cuatrocientas nuevas bombillitas de color verde. Puesto que Krank no iba a adornar su casa, él había decidido adornar la suya con renovado entusiasmo.

—¿Está en casa esa gente? —le preguntó la conductora a Walt cuando el camión se detuvo.

Estaba señalando con la cabeza hacia la casa de los Krank.

—Sí. ¿Por qué?

—Ah, pues porque hemos salido a cantar villancicos. Aquí tenemos a un joven grupo de la iglesia luterana de St. Mark's.

Walt esbozó de repente una sonrisa y soltó el cordón. «Qué estupendo —pensó—. Krank cree que es muy fácil huir de la Navidad.»

—¿Son judíos? —preguntó la conductora.

—No.

—¿Budistas o algo por el estilo?

—No, de ninguna manera. En realidad, son metodistas. Este año se quieren saltar la Navidad.

—¿Cómo dice?

—Ya me ha oído. —Walt se encontraba de pie junto a la portezuela del conductor, sonriendo de oreja a oreja—. Es un tipo un poco raro. Quiere saltarse la Navidad para poder gastarse el dinero en un crucero.

La conductora y la esposa del pastor dirigieron una prolongada y severa mirada a la casa de los Krank, situada en la otra acera. Los muchachos de la parte de atrás habían dejado de cantar y estaban escuchando atentamente la conversación. Las ruedas estaban girando.

—Creo que unos cantores de villancicos les harían mucho bien —añadió servicialmente Scheel—. Adelante.

El camión se vació y los chicos corrieron a la acera para detenerse cerca del buzón de los Krank.

—Un poco más cerca —les gritó Scheel—. No les importará.

Se situaron en fila cerca de la casa, junto al parterre de flores preferido de Luther. Scheel corrió a la puerta de su casa y le dijo a Bev que avisara a Frohmeyer.

Luther estaba rebañando los lados de su tarrito de yogur cuando oyó un estruendo muy cerca de él. Los cantores de villancicos iniciaron su sonoro ataque con gran rapidez, entonando la primera estrofa de *Dios os conceda la paz, joviales caballeros*.

Los Krank se agacharon. Después abandonaron a toda prisa la cocina, Luther en cabeza y Nora detrás hasta llegar al salón, donde se acercaron a la ventana de la fachada cuyas persianas estaban, afortunadamente, bajadas.

—Cantores de villancicos —murmuró Luther, retrocediendo—. Justo al lado de nuestros enebros.

—Qué bonito —dijo Nora en un susurro.

—¿Bonito? Están invadiendo nuestra propiedad. Es una encerrona.

—No están invadiendo nada.

—Pues claro que sí. Están en nuestra casa sin que los hayamos invitado. Alguien les ha dicho que vinieran, probablemente Frohmeyer o Scheel.

—Los cantores de villancicos no invaden las casas —insistió en decir Nora en un susurro casi inaudible.

—Yo sé lo que me digo.

—Pues entonces llama a tus amigos de la policía.

—Puede que lo haga —murmuró Luther, atisbando de nuevo a través de la persiana.

—Aún no es demasiado tarde para comprar un calendario.

Todo el clan de los Frohmeyer salió en tropel, encabezado por Spike sobre su monopatín. Para cuando se situaron detrás de los cantores de villancicos, los Trogdon ya habían oído el alboroto y se estaban incorporando al grupo. A continuación, salieron los Becker remolcando a la suegra y, detrás de ésta, Rocky, el que había abandonado la escuela.

Navidad, Navidad, fue el siguiente, en una animada y vibrante interpretación inspirada sin duda en la expectación que se había creado. La directora del coro invitó a los vecinos a acompañarlos, cosa que éstos hicieron con gran entusiasmo. Cuando se iniciaron los acordes de *Noche de paz*, ya se habían congregado por lo menos treinta personas. Los cantores desafinaban bastante, pero a los vecinos les importaba un bledo. Cantaban a voz en grito para hacer sufrir al viejo Luther.

A los veinte minutos, Nora no pudo más y se fue a la ducha. Luther fingió leer una revista en su sillón, pero cada villancico sonaba más alto que el anterior. Se puso echo una furia y empezó a soltar maldiciones por lo bajo. La última vez que atisbó a través de la persiana, la gente ocupaba todo el césped, sonreía y profería gritos contra su casa.

Cuando empezaron a cantar *Frosty, el muñeco de nieve*, bajó a su despacho del sótano y sacó la botella de coñac.

8

La rutina matinal de Luther no había cambiado en los dieciocho años que llevaba viviendo en Hemlock. Se levantaba a las seis, se ponía la bata y se calzaba las zapatillas, se preparaba el café, salía por la puerta del garaje y bajaba por el camino de la entrada hasta el lugar donde Milton, el chico de los diarios, le había dejado el *Gazette* una hora antes. Luther podía contar los pasos que daba desde la cafetera hasta el periódico, sabiendo que la diferencia sólo podría ser de dos o tres. Al volver a entrar en la casa, una taza de café con un chorrito de crema de leche, la sección de deportes, el área metropolitana, las páginas económicas y, siempre al final, las noticias nacionales e internacionales. A medio leer las esquelas, le llevaba a su querida esposa una taza de café, cada día la misma taza de color lavanda, con dos azucarillos.

A la mañana siguiente de la fiesta de villancicos en el césped de su jardín, Luther bajó medio dormido por el camino de la entrada y, cuando estaba a punto de recoger el *Gazette*, vio por el rabillo del ojo toda una serie de vivos colores. Había una pancarta en el centro de su césped. LIBERAD A FROSTY, proclamaba aquella cosa en audaces letras negras. Era un póster de color blanco con verdes y rojos alrededor y un dibujo de Frosty encadenado en algún lugar de la buhardilla, sin duda la buhardilla de los Krank. O era un dibujo muy malo de un adulto con demasiado tiempo que perder o bien un dibujo bastante bueno de un niño con una mamá mirando por encima de su hombro.

Luther intuyó de repente que unos ojos lo estaban mirando, montones de ojos, por lo que se colocó con aire ausente el *Gazette* bajo el brazo y regresó tranquilamente a la casa como si no hubiera visto nada. Soltó un gruñido mientras se llenaba la taza de café y se le escapó una maldición por lo bajo mientras se acomodaba en su silla. No pudo disfrutar de los deportes ni del área metropolitana, y ni siquiera las esquelas consiguieron despertar su interés. Después comprendió que no convenía que Nora viera el letrero. Se preocuparía mucho más que él.

A cada nuevo ataque que recibía su derecho a hacer lo que le diera la gana, aumentaba la decisión de Luther de saltarse la Navidad. Pero estaba preocupado por Nora. Él no se vendría abajo jamás, pero temía que ella sí lo hiciera. En caso de

La citación

Ray Atlee, profesor de Derecho en la Universidad de Virginia, tiene una relación muy distante con su padre, el juez Atlee, que sigue siendo una figura emblemática en Clanton, Misisipí, después de liderar durante cuarenta años la vida legal y política del condado. Viejo y enfermo, recluido en su decadente mansión, el Juez presiente que su final está cerca y convoca a sus dos hijos. Ray acude a la llamada, pero al llegar se encuentra a su padre ya muerto junto a un conciso testamento y tres millones de dólares en metálico escondidos en un armario. Un dinero que cuestiona la intachable trayectoria profesional del ex magistrado. Y eso no es todo, porque pronto se dará cuenta de que él no es el único que conoce el secreto...

La granja

«¿Quién piensa en abogados? Grisham no, desde luego, al menos en esta cautivadora novela. Aquí, en lugar de abogados, encontramos sufridos granjeros, jonaleros miserables y un niño que va creciendo a lo largo de un libro tan rico en incidentes y conflictos como es habitual en Grisham, y más dotado de matices que nunca... Unos personajes inolvidables, un estilo más limpio y poderoso que en ninguna novela anterior, y una impresionante evocación de un tiempo y de un lugar que convierten esta historia en un clásico americano.»

Publishers Weekly

La Hermandad

Trumble es una prisión criminal de mínima seguridad, el hogar de una serie de criminales «inofensivos»: ladrones de bancos, traficantes de droga, estafadores, un médico, cinco abogados... y tres jueces. Estos se hacen llamar La Hermandad y cada día se reúnen en la sección jurídica de la biblioteca, desde donde trabajan en los casos de otros internos, redactan informes, dispensan justicia carcelaria y hacen chantaje por correo, con el que multiplican sus ingresos. Pero, un día, una de las víctimas de la extorsión es alguien con quien habría sido mejor no involucrarse...

John Grisham ha sido el autor más vendido de los noventa y muchas de sus obras han sido llevadas al cine.

El testamento

«Hasta el último día y hasta la última hora. Soy un viejo solitario a quien nadie ama, enfermo, resentido y cansado de vivir. Estoy preparado para el más allá; tiene que ser mejor que esto.

Antes era dueño de todos los juguetes apropiados: yates, jets privados y rubias, casas en Europa, haciendas en Argentina, una isla del Pacífico, purasangres e incluso un equipo de hockey. Pero ya me he hecho demasiado viejo para los juguetes.

El dinero es la raíz de mis males.

Tuve tres familias, tres ex esposas que me dieron siete hijos, seis de los cuales siguen vivos y hacen todo lo que pueden para atormentarme. Que yo sepa, engendré a los siete y enterré a uno.

Estoy enemistado con mis ex esposas y todos mis hijos: hoy todos se hallan reunidos aquí porque me estoy muriendo y ha llegado la hora de repartir el dinero. Llevo mucho tiempo esperando este día.».

Causa justa

El hombre de las botas de goma entra en el ascensor sin que nadie lo advierta, a pesar del acre olor a humo y vino barato, y de su ropa raída. Está fuera de lugar en las oficinas de Drake & Sweeney, uno de los bufetes más prestigiosos de Washington. Donde todo el mundo ansía poder y dinero, él sólo busca respuestas a una pregunta urgente e ingenua: quiere saber por qué unos tienen tanto y otros tan poco. Precisamente eso, no tener ni siquiera nada que perder, le proporciona el arrojo necesario para someter a interrogatorio a nueve abogados de la firma. Cuando todo termine, por trágico que sea el final, ocho de ellos olvidarán el incidente de inmediato. Al fin y al cabo, su profesión presupone el ejercicio permanente del olvido. Sin embargo, uno de ellos, Michael Brock, será incapaz de olvidar.

El socio

Espiaron cada uno de sus movimientos hasta obtener la seguridad absoluta de que era él. Se hacía llamar Danilo Silva y habitaba una modesta casa en una ciudad pequeña de Brasil. Pesaba mucho menos e incluso su cara era levemente distinta, gracias a la intervención de un cirujano. Al parecer, vivía solo. Es decir, no guardaba ninguna similitud con aquel abogado llamado Patrick Lanigan que, cuatro años antes, se había esfumado con noventa millones de dólares dejando atrás a su hermosa mujer y a su adorable hija. Pero ellos estaban convencidos de que Danilo Silva era Lanigan y de que con su captura pondrían fin a aquella historia. Grave error: en realidad esta acababa de empezar.

Otros títulos de John Grisham en Punto de Lectura

El jurado

Un grupo de importantes abogados acusa de homicidio a las grandes empresas tabacaleras a raíz de la muerte de un fumador. La industria del tabaco se tambalea: las compañías saben que una sola sentencia en su contra provocaría una avalancha de demandas de indemnización que las llevaría a la ruina. Pero a los grandes magnates todo esto no les preocupa. Disponen de una fundación dotada de millones de dólares sólo para defenderlos, dirigida por Rankin Fitch, el mejor «especialista en jurados».

Fitch lo tiene todo bajo control. Conoce al detalle la vida de cada miembro del jurado; sabe cuáles son sus opiniones, sus vicios, sus manías... Y, sobre todo, dispone de licencia para actuar más allá de la ley si es necesario. Ya lo ha hecho en otras ocasiones, y ha salido victorioso. Esta vez, con el apoyo de la industria tabacalera, está convencido de que nadie podrá con él.